サクラオト

彩坂美月

集英社文庫

サクラオト◇もくじ

サクラオト

第一話　『サクラオト』　春

——桜の音が聞こえる人は、魔に魅入られた人なんだって。

◇

春の夜空に、誰かが目を細めたような、鋭利な刃物みたいな月が浮かんでいる。

蛇行した坂道を登り、暗い路地に車を停《と》めた。

薄闇の中で、街灯の白っぽい明かりだけがほのかに周囲を照らしている。その頼りない照明に浮かび上がるように、満開の桜が咲き誇る。

車のドアを開けた途端、まだいくぶん冷たい春の夜の匂いがした。

「暗いから、足元に気を付けろよ」

西崎朝人《にしざきあさと》が言うと、助手席から降りた遠藤詩織《えんどうしおり》は、長い髪を片手で押さえながら余裕のある表情で返した。

「平気よ。……へえ、すごく綺麗《きれい》じゃない」

そう言って、桜の木々を仰ぐ。

夜中にこんなうら寂しい場所に連れてこられたら、大抵の女性は気味悪がりそうなものだが、楽しげな詩織の声にはそんな気配は微塵《みじん》も感じ取れなかった。

もっとも、大学で共に過ごした四年間、朝人は物怖《ものお》じする詩織の声など一度として聞いたことがない。そしてそれは三日後に訪れる卒業までそうだろうと思う。

「去年、皇居のお堀の周りにお花見に行ったときは人の頭見てるようなものだったもんね。こんな場所、あったんだ」

詩織が舞い落ちる桜を眺めて言った。

まるで人気のない道なりに、桜の木がずっと続いている。

「田所《たどころ》君も来られればよかったのにね。法事じゃしょうがないか」

そう呟《つぶや》き、詩織が軽く肩をすくめる。

共通の友人である田所雅也《まさや》は、祖母の一周忌だとかで昨日から田舎に帰省していた。雅也の実家は金沢で伝統工芸品の老舗を営んでおり、卒業後はその家業に携わるつもりだと聞いている。

都内で就職を決めた朝人や詩織と異なり、東京を離れる彼とはもうじき気軽に会えなくなるだろう。

朴訥《ぼくとつ》として愛想のない彼の顔を思い浮かべる。朝人は曖昧に笑ってみせた。

振り返った詩織の眼差《まなざ》しが、挑戦的に朝人を見る。

「それで？　そろそろ種明かししてくれてもいいんじゃない、西崎君。ここって何なの？」

向けられた視線に、朝人はゆっくりと詩織を見た。

自分の言葉が効果的に響くよう十分間を取ってから、おもむろに口を開く。

「――以前、この場所で何人も人が死んだんだよ」

朝人の発した言葉に、詩織はふいをつかれたように目を瞠《みは》った。無言でまじまじと朝人の顔を見る。

「……へえ」

やがてその眼差しに、好奇心に満ちた色が浮かんだ。

「その話、詳しく聞かせて」

風が出てきた。

◇

朝人が大学一年のときに「ミステリ研究会」に入ったのは、特別な理由があったからではない。

体育会系の部は面倒だと思ったし、かといって、あからさまに男女の出会いを目的としたようなサークルもなんだか気が乗らなかった。

ふと中学時代に乱歩《らんぽ》やクイーンなどの探偵小説を熱心に読み耽《ふけ》ったことを思い出し、久しぶりに手に取ってみるのも悪くないな、と軽い気持ちで入っただけだ。

後で聞いたところによると、詩織もおおよそ似たようなもので、「なんとなく面白そうだったから」という理由で気まぐれに入会したそうだ。好奇心旺盛な彼女らしい。

一年の頃から、詩織の存在はサークル内でもひときわ目立っていた。庇護欲《ひごよく》をそそるような可憐《かれん》な外見と相反する、はっきりとした個性。詩織は本や映画の知識だけでなく、音楽や哲学に至るまで、同年代の友人たちがおよそ太刀打ちできないほどの豊富な知識を持っていたし、その独特な物の見方やセンスに驚かされることもしばしばあった。

異性の好感度を基準とした当たり障りのない発言しかしない他の女性よりも、それは朝人の目にずっと魅力的に映った。純粋に、面白い女だな、と思った。

朝人は自分の大人っぽい外見や、ストレートな物言いがある種の女性に好ましく思われるのを知っていたし、学生生活の中で実際に好意をほのめかされるようなことも時折あったが、それよりも詩織と交わす丁々発止のやりとりの方が遥《はる》かに気分を高揚させた。

毒舌な朝人と詩織は時に周りがひやひやするほど率直な議論を交わしたし、無鉄砲な真似《まね》もずいぶんした。

とりわけ、「どちらがより興味深い謎を提示して相手を驚かせることができるか」という勝負には双方が熱中し、さすがに昔ほどのめりこむことはなくなったものの、それは今でも時々続いていた。

詩織と過ごす時間は楽しく刺激的だった。互いに良き友人で、ライバルだったと思う。快活でよく喋《しゃべ》るため気が付く者は少ないが、詩織はあまり自分自身のことを語りたがらなかった。

だから、彼女が中学生のときに父親が失踪したという事実を本人から聞いたのは、ずっと後になってからだった。

常に毅然《きぜん》と背筋を伸ばし、強気な視線を向けるそのスタイルは、まるで一度でも折れたら自分を支えてきた何かが決定的に崩れてしまうと自らに言い聞かせているようにも見えた。

桜の下を並んで歩きながら、朝人は言う。

「ここは格式ある、有名な女子高だったんだ」

道の脇に、すっかり色褪《いろあ》せて文字が薄れた『立ち入り禁止』の看板があった。その先に、錆付《さびつ》いた背の高いフェンスがある。

出入口の部分に朝人が手をかけてわずかに力をこめると、劣化したフェンスは軋《きし》んだ音を立てて開いた。

もはや侵入者を防ぐ用途はまるで果たさないそこを通って、中に歩き出す。こんないわくのある場所に来ようという物好きは、そもそも滅多にいないのだろう。

少し前に朝人が一人で下見に来たとき、黒い服を着た若い男がぼんやり突っ立って桜を見上げているのを目にしたが、朝人の姿を見るとふらりとどこかへ消えてしまった。あれは幽霊でなければ、酔狂な花見客か自殺志願者ででもあったのだろうか。

朝人の行動を咎《とが》めるでもなく、詩織が同じようにフェンスを抜けてついてくるのを確認し、口を開く。

「今から十三年前の春、卒業を間近に控えた少女たちがクラスでお茶会をした。何事もなければ、それはごく普通の、高校時代の微笑《ほほえ》ましい思い出の一ページになるはずだった。クラス委員の少女が挨拶をし、皆がお茶を口に運んだ直後、異変が起きたんだ。少女たちは突然、次々と苦しみ出した」

朝人は感情を差し挟まない冷静な口調で語った。

「一人の少女が、紅茶にあらかじめヒ素を混入していたんだ。ある者は嘔吐《おうと》し、ある者は腹痛を訴えた。クラスメイトたちが倒れてもがき苦しむのを背に、ヒ素を入れた少女は屋上に向かい、そこから飛び降りて絶命した。教師を含む六人が死亡した、凄惨な事件だったらしい」

その光景を想像したのか、詩織が顔をしかめる。朝人は、淡々と話し続けた。

「――なぜ、少女はクラスメイトたちを毒殺して自ら命を絶ったのか？　学校でいじめがあったんじゃないかとか、事件の直後に色々な憶測が飛び交った。結局、動機はわからずじまい。学校は調査の結果、クラスにおけるいじめは一切無かったと発表した。だけど良家の子女が多かったこの学校は、事件の影響で入学希望者が激減し、数年後には廃校となってしまったんだ」

詩織は考え込むように黙った後、疑《うたぐ》り深い表情で呟いた。

「……いじめは無かったっていっても、実際のところはどうだったのかしらね。名門の女子高って、一般的に体面をひどく気にするものじゃない？」

「わかっている限り、少女が友人と目立ったトラブルを起こしたり、仲間外れにされていたといった事実は皆無だった。それどころか、彼女のいたクラスは生徒同士も、担任教師とも非常に仲が良くて、他のクラスから羨ましがられるくらいだったらしい。彼女自身も、友達や先生と別れたくない、卒業するのがさみしいと何度も口にしていたくらいで、陰湿ないじめなどは絶対に無かったと、生き残った当時のクラスメイトが証言してる。成績や恋愛、家庭の悩みなど、他に彼女を追い詰めるような何らかの問題があったんじゃないかとも噂《うわさ》されたけど、それも外れだ。彼女は志望していた女子大に推薦入学が決まっていた。特別に交際していたような男性の影は無かったし、そもそも異性の友人はいなかった。家庭環境も円満で、両親は一人っ子の彼女をとても可愛《かわい》がっていたそうだ。

……何の問題もなく、幸福だったはずの彼女が、なぜ突然そんなおぞましい事件を起こすに至ったのか？」

広い敷地を囲むように、桜の木が植えてあった。ほの暗い夜の中、遠くにひっそりと佇《たたず》む校舎が見える。

一瞬、静まり返った建物自体が無表情にこちらを見下ろしているような錯覚を覚えた。

「事件を起こす前、彼女はこう言っていたそうだ」

朝人は、目を眇《すが》めて言った。

「――桜の音が聞こえる、って」

◇

大学時代、詩織に言い寄る男はとても多かったように思う。

けれど気を惹《ひ》こうと饒舌《じようぜつ》になる男に対し、詩織はあっさりとその下心を見透かし、時として相手の薄っぺらい理屈を軽々と論破してみせた。自信家で強引な男を、いっそ小気味いいくらい冷ややかな眼差しと舌鋒《ぜっぽう》で返り討ちにした場面も目にしたことがある。

そんなとき、朝人は密《ひそ》かな優越を覚えた。彼女は自分が認めた相手にしか気を許さない。

周りから「お似合いの二人」などと噂されるたび、苦笑しながら冗談めかして否定したものの、内心、友情が愛情に変わっていくのを自覚していた。いずれ自分はこの女を手に入れるだろう、という予感があった。詩織と対等に渡り合えるのは自分だけだと思ったし、彼女を一番理解できるのも自分なのだと思った。それはいつまでも変わらないと信じていた。

——あの日までは。

「事件は、それで終わりじゃなかった」

朝人は、桜の下を歩きながら口を開いた。

木々の向こうに、朽ちて色褪せた緑色のフェンスが見えた。進むにつれ、街灯の明かりが遠のき、薄れていく。

まるで夜の底に沈みこんでいくみたいだ、などという考えが頭をよぎる。

「その後、ここでいくつもの殺人が起きたんだ」

「……どういうこと?」

首をかしげる詩織に、朝人は静かな口調で続けた。

「五年後の夏、男女が夜間に学校の敷地内に忍び込んだ。校庭で、男性が女性の首を絞めて殺害したんだ。女性は将来を嘱望されていた若手のピアニストで、コンクールに入賞して海外へ留学が決まり、周りに祝福されていた中での痛ましい出来事だった。二人は恋人同士だったそうだ。——ああ、もしかしたら現場はその辺りかもな」

朝人は、人気のない真っ暗な校庭の中央辺りを指差した。詩織がやや表情を硬くし、地面を凝視する。

「それから三年も経《た》たないうちに、またしても人が死んだ。女子中学生が二人で、学校帰りに、当時もう閉鎖されていたこの場所に入り込んだんだ。片方の少女が親友の後頭部を石で殴り、殺してしまった。二人は何でも打ち明け合える仲の良い友人同士で、事件の起こるほんの数日前も、殺害された少女にボーイフレンドができたことをもう一人がふざけ半分に冷やかしてじゃれ合う姿を家族が目撃している。事件は夕暮れどきで、頭から血を流した少女の死体が横たわっていたのは敷地内の桜の木の下だったらしい」

話している間にも、腕に、肩に、はらはらと花びらが舞い落ちる。

綺麗だとは思うものの、季節が訪れると日本中を埋め尽くすこの花を見ていると、どこかぞっとするような、落ち着かない気持ちになる。

「さらに三年ほどして、地元の中学教師が自分のクラスの女子生徒を、普段から車のグローブボックスに入れていたカッターナイフで刺殺した。寒い日で、学校行事で遅くなった帰りに自宅まで送っていく途中だったらしい。女子生徒は高校受験に無事合格したばかりだった。車の中で教え子を刺した後、本人も自らの首をかき切って隣で絶命していたそうだ。……一連の事件はいずれも犯人は明らかで、疑いの余地はない。だけど、ここで気になる謎が残るんだ」

朝人は、声に力を込めた。

「なぜ、この場所で殺人が起きるのか？」

そこでいったん言葉を切り、軽く唇を舐《な》める。

「思うに、この場所には、人を狂気に駆り立てる何かがあるんじゃないのか。何らかの環境要因が、人に突発的な殺意を抱《いだ》かせたとは考えられないだろうか？　だとしたら、それは一体何なのか？」

「——人に殺意を抱かせる何か、ね」

黙って聞いていた詩織が、興奮気味に口を開いた。

「ちょっと怖いけど、興味深い話だわ。学生生活の最後にずいぶん大掛かりな謎を仕掛けてきたわね、西崎君」

わざと冗談めかした口調で言い、睨《にら》むように朝人を見る。

「続けて」

むきになった子供みたいなこの表情は、彼女が熱心に考え込むときに見せるものだ。

朝人は口元だけで微《かす》かに笑った。詩織から視線を外し、ゆっくりと周囲を見回す。

「……それから、クラスメイトを毒殺した少女が口にしていた『桜の音が聞こえる』という言葉の意味もまた謎だ。この場所で立て続けに殺人が起こる理由と、少女の残した言葉とは、はたして何か関係があるのか？」

◇

田所雅也はごく平凡な男だった。

少なくとも、大学二年の終わりに友人に連れられてふらりとサークルにやってきた彼を見たとき、朝人が抱いた印象はそうだった。

際立った容姿や個性を持っているわけではなく、積極的に前へ出るわけでもない。むしろ「人と違う、変わった感性を持つ自分」であろうと前のめりな学生たちの中で、雅也は常に一定の温度を保っていたように思う。

無茶をすることこそが若さであり、ある種の価値であるかのように周りが羽目を外すとき、低めのぼそぼそした声で「そのくらいで止《や》めておけよ」と歯止めをかけるのが雅也だった。

悪ノリした友人をさりげなくたしなめたり、無茶な飲み方を制止したりといったストッパーの役割を果たすのも常だった。冒険をしない、ごく常識的な男。

「お前、心配し過ぎ。お母さんかよ?」

そんな生真面目さを男友達が冗談まじりにからかっても、雅也は気分を害するでもなく、真顔でただ肩をすくめてみせるだけだった。

どこか眠たげな面立ちをし、器用に場を盛り上げるようなタイプでもない雅也を、朝人が特別に意識したことは正直なところ一度もなかった。

むしろ、男として微かな優越を感じていなかったといえば嘘《うそ》になる。自分は詩織に相手にされている。

頭も要領の良さも、全ての面において自分がこの地味な男に劣っているとは到底思えなかった。

「でも、場所のせいで人が死んだり、殺人を犯すなんてことがあるのかしら?」

詩織の言葉に、朝人は小さくかぶりを振った。

「さあ。ただ、場所が原因で生き物が立て続けに命を落としたっていう事例があるよ」

記憶をなぞりながら話を続ける。

「――『犬の自殺』って話、知ってるか? スコットランドのダンバートンにあるオーバートンブリッジって橋で、何匹もの犬が飛び降り自殺をしたとされる不可解な事件が起きているんだ。それが始まったのは一九五〇年代からで、散歩中の犬が突然、高さ十三メートルのその橋から飛び降りて死ぬ。飛び降りる犬が後を絶たないために、そこは呪われた場所なんじゃないかと噂され始めた」

「犬が自殺? そんなのって、聞いたことないわ」

詩織が訝《いぶか》しげに、形のよい眉を寄せた。彼女は無類の犬好きなのだ。

「奇妙な話ね」

「犬の飛び降りについては、色々な説が飛び交ったらしい。霊的な説、飼い主のうつ病を感知して代わりに飛び降りたのではという説、あるいは付近で犬にしか聞こえない何らかの超音波が発せられているんじゃないかとか、それこそさまざまな可能性が検討されたそうだよ。そのうち、犬が飛び降りた状況に、高い確率で共通点があることがわかったんだ」

「共通点？」

「ああ」と朝人は頷《うなず》いた。

「まず、散歩中の犬が飛び降りるのは、よく晴れた日が多かった」

詩織がますます不思議そうな顔になる。

「それからもうひとつ。飛び降りた犬は、コリーやラブラドールなど、鼻が長い犬種が多かったんだそうだ。検証の結果、犬の飛び降りの原因について、一つの有力な説が浮上した」

朝人はふっと短く息を吐いた。

「ミンクだよ」

「……ミンクって、あのカワウソみたいな動物？」

「そう」

あっけに取られたような顔をする詩織に、朝人は告げた。

「オーバートンブリッジの下を流れる川辺には、一九五〇年代からミンクが数多く繁殖していたらしい。縄張り争いのときにミンクが発する強烈な匂いが、晴れた日はより遠くまで伝わって、嗅覚の鋭い犬が本能的に反応し橋から飛び降りたというのが考えられている原因だ。これが、犬の飛び降り自殺が続発する場所の真相だよ」

話し終えたとき、ふいに近くでガサッと茂みが揺れた。

詩織が驚いた表情で朝人の腕を摑《つか》む。シャンプーの甘い香りが鼻先をかすめ、朝人は一瞬、息を詰めた。

暗がりの中、小さな影が走っていくのが見えた。

「……ただの野良猫だ」

口角を持ち上げて笑ってみせる。詩織が軽く息をつき、何事もなかったように朝人から手を離した。

鼻腔《びくう》に残る微かな香りを意識から振り払い、朝人は淡然とした口調で言った。

「オレが言いたいのは、一見不可解に思える謎も、何らかの合理的な理由で説明付けられるんじゃないかってことだ。霊だとか、呪いとか、そんなものオレは信じない。何の問題もなく、幸福だったはずの少女がなぜ突然クラスメイトたちを毒殺し、自らも命を絶ったのか？　事件の後、連鎖したようにここで殺人が起こるのはなぜだ？　この場所に何らかの原因があるのなら、それを知りたいとは思わないか？」

◇

大学三年の、蒸し暑い七月だった。

前期試験も終わり、夏休みを目前にして友人たちは皆浮かれていたように思う。サークルの総会で集まった後、前期の打ち上げと称し、居酒屋に繰り出して賑《にぎ》やかに飲んだ。

下戸《げこ》の友人が車で送ってくれることになり、詩織と朝人と雅也は彼の車に乗り込んだが、なんだか帰りがたくてそのままドライブに出た。

とりとめもない莫迦話《ばかばなし》をしながら車を走らせ、四人で夜の海にやってきた。砂浜に降りて、コンビニエンスストアで調達した花火をし、やがてそれにも飽きてどこまでも広がる真っ暗な海を眺めた。

水面《みなも》に、作り物みたいな白い月がぽかりと浮かんでいた。

「夜の海って、なんだか不思議よね」

詩織が砂の上に腰を下ろしたまま、暗い海を見つめて独り言のように呟いた。どこか上の空なその口調に、怪訝《けげん》な思いで月明かりに照らされた詩織の横顔を見る。形のいい彼女の唇が動いた。

「小さかった頃、家族旅行で海に行ったの。夕食後に旅館を抜け出して一人で海辺を散歩してた。貝殻を拾って波打ち際で遊んでたら、だんだんと辺りが暗くなってきてね、真っ黒な海をじっと見てたら、そのまま呑《の》み込まれてしまいそうな気がして、子供心に突然不安になったの。海に浸《つ》かった足が波に引きずり込まれていくみたいで、ものすごく怖くなって思わずわあわあ泣き出しちゃった。そうしたら大きな手が伸びてきて、私を探しに来た父が冷たい水の中から私をひょいと抱き上げてくれたの」

大切な物に触れるような声音でそう語った後、詩織はハッと我に返った表情になり、言葉を切った。すぐにいつもの冷静な眼差しで軽く笑ってみせる。

「バカみたいね。今なら、全然平気なのに」

そう言うと、詩織は立ち上がって心地よさそうに夜の空気を吸い込んだ。

学生時代、気の合う仲間といつまでも喋っていたいと思う時間がある。こいつらとならどこまでも一緒に行けると錯覚する素晴らしい瞬間が。

後で思い返すと、このときがまさにそれだったと言えるだろう。

気分が高揚し、誰が最初に言い出したのかはまるで思い出せないが、朝人たちはふざけて夜の海に入りだした。

初夏とはいえ、まだ水は冷たかったが、火照《ほて》った肌とアルコールの残った頭には心地いいと言えなくもなかった。

気心の知れた友人たちが一緒にいる状況と、残り時間が限られた学生生活に、感傷的になっていたのかもしれない。初めは手や足を水に浸けてはしゃぐ程度だったが、やがて朝人たちは着衣のままざぶざぶと豪快に海に入っていった。

いつもなら苦笑して傍観していたであろう詩織も、そのときはやはり上機嫌だったのか、躊躇《ちゅうちょ》なく海に入ってきた。

腰の辺りまで海に浸かって、両手で水をすくって宙に放り、楽しげに笑い声を上げた。

その様子を目にし、一人で浜辺に立っていた雅也が顔をしかめた。

「危ないから、上がれよ。酔ってるだろ」

またいつもの説教が出た。そう思って、朝人は友人と顔を合わせ含み笑いをした。

「どうして、大丈夫よ」と詩織が晴れやかに笑う。

朝人は水の中でこれ見よがしに数回ジャンプすると、雅也に向かってひらひらと手を振ってみせた。

「結構気持ちいいぜ。田所も来いよー」

「お前もたまには一緒にバカやれっつうの」

雅也は、険しい表情で首を横に振った。

「駄目だ」

融通の利かない雅也の頑《かたく》なな発言に、朝人は苦笑いした。あーあ、こいつホント損してるなあ、と内心思う。

おそらくうんざりしているだろう詩織を横目で見やる。一般常識しか言わない雅也を、詩織はつまらない男と評し、すげなく笑い飛ばすはずだった。

元々、詩織は他人に意見を押し付けられるのを嫌う。

しかし雅也は退《ひ》かなかった。生真面目な顔つきで、もう一度繰り返した。

「すぐに上がるんだ」

いつにない、きっぱりとした口調だった。まっすぐに詩織を見つめ、ひと言ひと言、言い聞かせるように雅也は告げた。

「女の人が、こんな冷たい水に、入っちゃいけない」

その瞬間、詩織が息を呑む気配がした。

雅也は海にいる詩織に向かって、ためらいなく手を差し出した。それはごく自然な、当たり前のような動作だった。

立ち尽くした詩織が、ややあって、戸惑いながら雅也に手を伸ばした。

雅也の節ばった指が、詩織の白い手を摑み、その華奢《きやしや》な身体《からだ》を暗い水から引き上げる。

まるで初めて海から上がる人魚みたいにぎこちなく、詩織の足が砂浜を踏んだ。濡《ぬ》れた身体から水滴が滴《したた》り落ちて、足元の砂がみるまに黒っぽく染まっていく。

湿った長い髪も、透けて肌に張り付いた薄手のシャツも、そのとき、全てのものが何か違う素材のように彼女を瑞々《みずみず》しく見せていた。

詩織の目が、夜の中で不安定に揺れる。

朝人は海の中に突っ立ったまま、ただその光景を見つめていた。目の前にいるのは体内のほとんどを水分で構成された生き物なのだと、ぼんやりそんなことを思った。

雅也が無言で自分のシャツを脱ぎ、詩織にそっと羽織らせる。

詩織はうつむき、黙ってされるがままになっていた。

なんだか泣きそうな顔をしていた。父親と、いたずらを叱られた小さな女の子のようにも見えた。

いつも強気で自信に満ちた詩織のそんな表情を見たのは、それが初めてだった。

今ならわかる。

——二人の間に何かが生まれたのは、確かにあの瞬間だったのだと。

◇

「ここって、なんだか箱みたいね」

詩織の呟きに、朝人は顔を上げた。

「箱?」

「そう」

静寂の中、詩織が周囲を眺めた。遠くに、崩れ落ちそうなぼろぼろのフェンスが見える。

残骸、という単語が朝人の頭に浮かんだ。

廃校舎に近付き、並んで周辺を歩いてみる。校舎の窓は無残に割れ、正面入口は古びた板で閉ざされていた。雑草の茂る校庭に、尖《とが》ったガラス片が落ちていて、微《かす》かに月の光を反射した。

「学校の敷地に沿って、高いフェンスが張り巡らされてるでしょ。その内側にこれだけの桜の木が一定の間隔で植えられてる。ちょっと圧迫感を感じるっていうか、校舎の屋上から見たら、まるで自分が桜の箱の中に閉じ込められたような気分になるんじゃないかしら」

詩織が考え込むような表情で言う。

「桜の箱か。なかなかロマンチックだな」

辺りを見回しながら、朝人は小さく笑って続けた。

「ここは市街地から離れているし、由緒ある女子高だったそうだから、不審者の侵入を防ぐ意図もあったのかもしれないな。……確かに、思春期の女の子にとってはなおのこと、この場所は外部と隔離されたような息苦しさを感じさせたかもしれない。些細《ささい》な出来事が、閉鎖された環境下ではストレスとなり殺意に結びつくきっかけになった、というのは考えられなくもないかもな」

そう言った後で、すぐに首を横に振る。

「だけど、学校の屋上からこの場所がそんなふうに見えたとして、外部の人間がここに来て殺人を犯す理由にはならないだろ？　ご覧の通り、この辺りは他に何も無いんだぜ。学校関係者以外の人間がわざわざ訪れるような場所じゃない」

それから肩をすくめ、「まあ、近くの市民公園に花見客くらいは来るだろうけど。あそこは桜の並木道があって、恋人たちの聖地とやらになってるらしいからな。鳴らすと願いが叶《かな》うって謳《うた》い文句の鐘があるんだとさ。これだけ人死にの出た現場の近くだといっそ皮肉だよな。もっとも去年、劣化して撤去されたらしいけど」と冗談めかして付け加えると、詩織が軽くため息をついた。

「思いついたから言ってみただけ。子供の頃、桜の箱って名付けてそんなものを作ったのをふと思い出したのよ。小箱にピンクの絵の具を塗って、花びらの形に切り抜いた桜色の和紙を貼ったの。誰にも取られないよう、大切な物をその箱の中にしまっておいたっけ」

「大切な物って、何を入れたんだ？」

詩織が朝人を見て、にこりと口元で笑う。

「秘密」

「気になるな」

朝人の拗《す》ねたような口調に、詩織は仕方ないなあ、というふうに苦笑した。

「貝殻よ。子供の頃、海で拾ったの。……とっくに捨ててしまったけれど」

朝人は口をつぐんだ。夜の海辺で幼い詩織を抱き上げたという、今はもういない彼女の父親のことを思い出す。そんなエピソードを朝人に話して聞かせたこと自体、きっと詩織はもう覚えていないのだろう。

自分の知らない彼女の繊細な部分に雅也は関わることを許されたのだと思うと、ふいにもどかしいような苛立《いらだ》ちを覚えた。雅也はどんなふうに彼女の痛みに寄り添い、そこに触れるのだろう。

……だけど、自分には分がある。

朝人は気持ちを立て直すように、自身に言い聞かせた。雅也は、卒業したら金沢に帰り家業を継ぐ。離れて違う道を歩く雅也よりも、東京に残って就職し、同じ境遇で詩織の近くにいられる自分の方が遥かに有利な立場といえるだろう。

落ち着きを取り戻し、短く息を吐いた。

かつては少女たちの明るい声で満ちていただろう、打ち捨てられた校舎の屋上を仰ぐ。

夜目にも、脆《もろ》く錆付き、腐食したフェンスが視界に映った。

あの場所から、恵まれて幸福だったはずの一人の少女が身を投げたのだ。

同じ教室で時を過ごしたクラスメイトたちが毒を口にしたのを見届けた後、少女はどんな表情で屋上に上っていったのだろう？　自分のしたことに怯《おび》えおののいていただろうか。それとも、満足げに微笑んでいたのか。

他愛《たわい》ない推理を口にしながら学校の敷地内を歩き回るうちに、やがてどちらからともなく無口になってきた。

闇の中で、とうとう詩織がお手上げのポーズをした。

「……駄目。これ以上、何も思いつかない。殺人を引き起こす原因になりそうなものなんて見つからないわね」

残念そうに口にした後、釈然としない顔で呟く。

「彼らは一体なぜここで、自分の恋人を、友人を、教え子を殺してしまったの――？」

「謎は謎のまま、ってやつか」

朝人は苦笑し、腕時計に視線を落とした。思ったよりも時間が経っている。

「……タイムリミットだ。そろそろ帰るか。卒業式の前だし、色々と忙しいんだろ？」

軽い口調で言うと、詩織は黙って頷いた。

「気になるなら、また今度来ればいい。仕事が始まればお互い忙しくなると思うけど、都内だし、いつでも会えるさ」

朝人はニヤッと笑ってからかうように続けた。

「なんだったら、来年の花見のときまでの宿題ってことにしても——」

「……西崎君」と詩織がどこか緊張した声を発した。いつにないその声の響きに、立ち止まって彼女の顔を見る。

嫌な予感がした。後に続く言葉を聞いてはいけない気がした。

ためらうように、詩織が視線を下に向ける。

「私ね」

小さく息を吸い込む気配。

「卒業したら、田所君と金沢に行く」

ざあっ、と風が吹いた。

朝人はとっさに言葉を失った。目を瞠り、呆然《ぼうぜん》と詩織を見つめる。

立ちすくむ朝人の前で、詩織は顔を上げ、はにかんだような表情を浮かべた。

「結婚して、彼の家業を継ぐ手伝いをしようと思うの」

一瞬、頭が言葉の意味を理解するのを拒んだ。頬が不自然に引き攣《つ》るのを自覚する。

「……だって、お前、就職は……？」

やっとのことで発した声は、動揺でかすれていた。

そうだ。詩織は以前から関心を寄せていた広告会社に就職が決まり、喜んでいたはずだった。

自分の能力を活《い》かした仕事がしたい、いつか百パーセント満足できるようないい仕事が出来たらと、就職活動の最中《さなか》、飲みながら朝人と何度も熱くそう語り合った。彼女なら、それは決して夢では終わらないだろうと思った。

詩織は小さく微笑んだ。

「内定は、とっくに辞退させてもらったの」

ほんの少しの切なさと、幸福の入り混じった表情。

目を奪われるくらい魅力的なその頬がうっすらと赤く染まっているのを、見ないことにしたかった。

詩織はまっすぐな声で続けた。

「どうすればいいのか、ずっと迷ってた。だけどやっぱり思ったの。田所君の側《そば》に居て、一番近くで支えたいって。彼と一緒に生きていくことが、私にとって一番幸せなことなんだって」

詩織の眼差しから微かな喪失感が消えていき、代わりにゆっくりと愛情が満ちていく。

「西崎君」

恥じらいと、それ以上に大きな喜びをたたえた目が、静かに朝人に向けられた。

「祝福してくれる？」

朝人はその場に凍りついたまま、バカみたいに詩織の顔を見つめ続けた。

喉の奥が貼りついたようになって、上手《うま》く言葉が出てこなかった。胸の中で激しい感情が渦を巻く。

朝人は唾を呑み込んだ。詩織の言葉が、呪いのように頭で響く。

——側に居て、彼を支えたい？　彼と一緒に生きていくことが一番の幸せ？

ありえなかった。そんなメロドラマみたいな陳腐な台詞《せりふ》は、聡明《そうめい》な詩織の口から発せられるにはまるで似つかわしくなかった。

自分の価値観をきちんと口にできる女性が、恋人ができた途端にたやすく相手の色に染まる。恋人の思考を自分のものとして受け入れ、自分と同一視して、「だって彼がそう言うから」と甘えるように口にする。

そういうのを、詩織は見下し、嫌っていたはずだった。

恋愛において、主義も主張も、やりたい仕事も互いに尊重されるべきで、そうでない関係は幼稚で不健全だときっぱり切り捨てた。

それが遠藤詩織という女性だった。

——結婚して、地方で家業を継ぐ手伝いをする？　似合わない。詩織にそんなのはまるで不似合いだ。なぜ、いつからそんなつまらない女になったんだ。どうして、どうして。

歯噛《はが》みする思いで立ち尽くす。思わず肩を摑んで揺さぶりたい衝動に駆られた。口の中が乾き、落ち着きなく視線を宙にさ迷わせる。

けれど、しばらくして、朝人の口から出てきたのは本心とは全く逆の言葉だった。

「……おめでとう」

ぎこちなくそう告げる自分の言葉が、他人のもののように聞こえた。無理やりに平静を装う、硬い声。

「よかったな。まあ、お前らが揃《そろ》っていなくなると、つまらなくなっちまうけど」

苦笑に似た笑みを作ってみせると、詩織は安堵《あんど》した様子で表情を緩めた。親しい友人の反応が、やはり気がかりだったのだろう。

嬉《うれ》しそうに目を細めて朝人を見る。

「——ありがとう、西崎君」

暗がりの中で、花が咲いたように笑う詩織から目を逸《そ》らした。彼女にこんな顔をさせているのは、決して自分ではないのだ。

朝人の耳元で、風に似た音がした。それは今まで聞いたことのない音だった。

帰ろう、と声を掛ける。夜桜の下、朝人は車に向かって歩き出す詩織の後ろ姿を眺めた。

桜が散る。卒業式が終われば、詩織は雅也の元へ行く。この時間は終わりを告げる。

ふいに息が苦しくなった。

来年、彼女の隣でこうして桜を見るのは、もう自分ではないのだ。来年だけではなく、これから先もずっと、ずっと。

強い夜風が吹き抜けた。詩織の髪が風になびき、細いうなじがあらわになる。

——その瞬間。

朝人はハッと目を見開いた。足を止め、思わずその場に凍りつく。

立ち止まった朝人の耳朶《じだ》をかすめ、桜の花びらが地面に舞い落ちた。錆付いたフェンスが視界の端に映る。

(ここって、なんだか箱みたいね)

学校の敷地を指し、詩織の呟いた言葉がよみがえる。

(誰にも取られないよう、大切な物をその箱の中にしまっておいたっけ)

箱。

——大事な物を箱にしまい込み、鍵を掛ける。

表情がこわばるのを感じながら、誰もいない校舎を振り返った。

……事件があったクラスは、いじめもなく、他のクラスが羨むほどに仲が良かったという。

愛する友人や信頼する教師に囲まれた幸せな学園生活。何の問題もなく、満たされて幸福だった少女。

事件を起こす前に少女は、友達や先生と別れたくない、卒業するのがさみしいと何度も口にしていたという。

いじめはなく、凄惨な事件を起こすような動機など何ひとつないと、周囲は口を揃えて証言した。

だけどもし、それこそが動機だったとしたら？

卒業によって否応《いやおう》なく奪われる、愛するものたち。

少女は楽園を出ていきたくなかった。大切なものを手放したくなかった。

事件を起こす前、少女が口にしていたという言葉を思い起こす。

（桜の音が聞こえる）

桜の季節。――卒業し、幸福な楽園を追われることを意味する季節。

彼女が聞いたという桜の音とは、大切なものを喪失する音だったのではないか？

その音がいよいよ間近に迫ったとき、耐えがたくなり、少女は永遠に箱を閉じる決意をした。

喉が、ごくりと上下した。

大切な何かが壊れる音、失われる音。桜の音とは、きっとそういう局面に立つ人間だけに聞こえる音なのだ。関係性の変化を、終焉《しゆうえん》を恐れる人間だけが、その音を耳にする。

吐息が微かに震えた。無意識に拳を握り込む。

ここは愛するものを奪われないために少女が望んで閉じた場所。変化も別れもなく、永遠に時を刻むのを止めてしまった空間。廃墟《はいきよ》となったこの場所で時間が進みゆくことは、ない。

場所が人を殺意に走らせる?

——違う、逆だ。心の奥底に殺意を秘めた人間だからこそ、この場所に、物語に惹きつけられる。

誘蛾灯《ゆうがとう》に引き寄せられる虫のように。

たとえば、どちらかの愛情に終わりが見えた恋人同士が。純粋ゆえに深い友情が憎しみにすり変わった親友が。許されない関係に身を置いた教師と教え子が。

耳元で、再び風のような音がした。先ほどから響くどこか耳鳴りにも似たその音に、ぞくっと身震いをする。

地面に落ちた花びらを踏んで、詩織が前を歩いていく。夜の中で、白いシャツの背中がほのかに浮かび上がって見えた。

その小さな頭の重みで折れてしまいそうな、か細い首筋が視界に映る。

朝人は、静かに目を細めた。

……なぜ自分は、雅也が不在の日にこの場所へ来たのだろう。

どうしてわざわざ彼が離れた場所にいるときに、詩織を連れてここにやって来たのだろう？

冷たい風が吹き抜けた。

舞い散る薄紅色の花弁に、視界がけむる。

夜の空気にまじって、掴みどころのない淡い香りがした。

伸ばしたこの手が彼女の首にかかるのか、それとも抱き締めるのかわからなかった。

——花びらの雨に、彼女の姿が、溶けてにじむ。

【読者の皆様へ　第一話『サクラオト』には、実際に殺人事件の起こった場所が舞台として登場しておりますが、この物語は創作であり、事件についての解釈はあくまで作者の想像に基づくものです。『サクラオト』では実際の事件を題材にいたしましたが、これ以降の作品につきましては全て完全なるフィクションであることをここに表明いたします。　作者より】

第二話『その日の赤』夏

見なきゃよかった、というものをうっかり目にしてしまったことが人生の中で何度かある。そういうときは気持ちがざわつき、目撃したことを激しく後悔するものだ。

その日がそうだった。あたしは、夕暮れの公園で見てしまった。

晴希《はるき》が——自分の弟が、人気のない女子トイレに入っていくのを。

◇

フライパンに箸先からほんの少し溶き卵を落とすと、ジュー、と間延びした音がした。これが大事。すぐにジュッ、じゃ温度が高すぎるのだ。当たり前にお弁当に入ってるけど、卵焼きって実は案外難しい。固くなったり、形が崩れちゃったりする。

フライ返しを使って卵を巻くと、仕上げに形を整えた。プロの味ってわけにはもちろんいかないけど、それでも一ヶ月前に比べると、我ながらだいぶ上達したと思う。なにせそれまではあたし——樋口夏帆《ひぐちかほ》は、料理なんてろくにしたことがなかったから。

お弁当を作り終える頃、晴希がキッチンに入ってきた。台所に立つあたしをなんだか複雑な表情で見ている。今年中学生になった晴希は同年代の男の子に比べるとずいぶん華奢《きゃしゃ》で、女の子みたいに優しげな顔立ちをしてる。

おはよう、と声をかけると、晴希はぼそりと返した。

「……おはよう」

四人掛けのダイニングテーブルに座って朝食にする。あたしたち以外の二つの席は空いたままだ。空席の一つはお父さんで、もう一つはお母さんのもの。そちらを見ないようにしてトーストをかじる。ぽっかりと空いた席に、どうしたってそこに座っていた存在を思い起こしてしまう。

仕事で忙しいお父さんが不在なのは珍しくないし、幼い頃からもはや慣れっこだ。だけどお母さんは、あたしたちにとっていつだってそこに居るのが当たり前の人だった。

……一ヶ月前、くも膜下出血で突然、この世からいなくなってしまうまでは。

ご馳走《ちそう》さま、という低い呟《つぶや》きに我に返る。顔を上げると、晴希が流し台に食器を運んでいくところだった。

「もう行くの?」

その背中に慌てて声をかける。意識して明るい口調で言った。

「あ、今日のお弁当さ、結構自信作なんだ。晴希の好きな卵焼きもきれいに焼けたし——」

お弁当箱を手にし、晴希が横目であたしを見た。すぐに視線を逸《そ》らし、小声で呟く。

「……別に、パンとか買うからいいのに」

そのまま、晴希は玄関を出ていった。

◇

「夏帆っち、その指どうしたのー？」

家庭科室で授業の準備をしていると、絵梨子《えりこ》が手元を覗《のぞ》き込んでくる。

同じクラスの友人である彼女がなかなか世話好きな性格らしいということに、あたしは最近気が付いた。指先に巻いた真新しい絆創膏《ばんそうこう》を指され、苦笑しながら答える。

「お弁当作ってて、包丁で切っちゃった」

「え？　ていうか今日、調理実習だからお昼いらないじゃん」

「私立中学に通ってる弟の」

あたしの返答に、絵梨子が目を瞠《みは》った。

「うわ……夏帆ってば、なんかすっごい良い姉じゃない？　弟くん感涙ものじゃない？」

大袈裟《おおげさ》な口ぶりで言い、えらいえらい、とあたしの頭を撫《な》でるふりをする。それから、ふっと表情を曇らせた。

「──でもさ、あんまり無理しちゃ駄目だよ」

大変だったんだからさ、と心配そうに続けられ、あたしは曖昧に笑みを返した。

「……ありがとう」

母が亡くなってから、クラスメイトがこんなふうに気を遣ってくれることは珍しくなかった。あたしたちの年代で親と死別した子は、圧倒的に少数派だ。どう接すればいいか戸惑いながらも、ぎこちなく慰めの言葉をかけてくれる友人の優しさがありがたかった。……赤の他人でさえ、そうなのに。

晴希のそっけない態度を思い出し、沈んだ気持ちになる。

幼い頃から姉弟仲は良い方だった、と思う。おっとりした性格の晴希は何かとあたしを頼ってきたし、三つも年下の大人しい弟をいじめる理由は無かった。

母が急死したとき、ショックと悲しみに呆然《ぼうぜん》としたあたしが次に思ったことは、姉弟で支え合っていかなくては、ということだった。家庭を顧みることのない父に精神的な支えを期待するほど、あたしはもう、子供ではなかった。実際、母が亡くなってほどなく、父は以前と同じ仕事中心の生活に戻っていった。

母を亡くして一番変わってしまったのは、おそらく晴希だ。

母がいなくなってから、あたしは晴希が笑うのを見たことがない。暗い表情でふさぎ込み、まともに話そうともしてくれない。その態度は頑《かたく》なで、周りの全部を拒絶しているようにさえ見えた。

周囲に気付かれないよう、小さくため息をつく。一体どうしたいのか、晴希の気持ちがわからない。だけど「お母さんが死んで可哀想《かわいそう》」と言われて引け目を感じたり、母がいなくなって生活が荒れたりして、弟に惨《みじ》めな思いをして欲しくなかった。

そう――あたしが、頑張らなきゃ。

やがて調理実習が始まり、家庭科室内は賑《にぎ》やかなざわめきに満たされた。今日作るメニューはオムライスとポテトサラダ、コーンスープだ。

時間内に調理や片付けを終わらせなければいけないので、食材などの類はあらかじめ分量を量ったものがそれぞれの調理台に用意されている。オムライスのチキンライスを担当することになったあたしが玉ねぎを刻んでいると、同じ班の絵梨子が「さっすが、手馴《てな》れてるねー」と感心した様子で声をかけてきた。学校の調理実習は普段の家事と違って、どこかおままごとでもしているみたいな雰囲気がある。じゃがいもを潰すのに苦戦したり、スープがふきこぼれそうになったりと悪戦苦闘しながらも皆は楽しそうだ。

あたしたちの班も料理が完成し、いただきます、と手を合わせる。食べ始めた直後、突然、一人の生徒がなぜか激しくむせ出した。口元を押さえ、涙のにじんだ目で、食べかけのオムライスを指さす。

「ねえこれ、味おかしくない……？」

え、と驚き、慌ててオムライスを口に運ぶ。次の瞬間、予想外の味にあたしも小さく咳《せ》き込んだ。隣で同じようにオムライスを口にした絵梨子が水を飲みながらうめく。

「夏帆、あんた、ケチャップじゃなくてソースで炒《いた》めたでしょ？」

絵梨子の指摘した通り、オムライスの中身は濃厚なソース味のライスになっていた。……やってしまった。確かにケチャップで味付けしたと思ったのだけれど、うっかり間違えてしまったらしい。バカ、あたしったら、何やってるんだろう。

「ご、ごめんなさい」

本気でうろたえて謝ると、「いいってー」と苦笑しながら班の皆はかぶりを振った。これはこれで無くはないし、そうそう、と微妙なフォローをしてくれる。状況を理解した周りの班の子たちが笑ってお裾分けをしてくれた。何もなかったように事態は収拾したものの、やはり落ち込んでしまう。

そんなミスを引きずっていたせいか、午後の授業でも、あたしは得意科目のはずの英語でひどく苦戦してしまった。この日は先生が不在のため自習となり、プリントが配付された。辞書を使いながら英文を読み、その内容を段落ごとに分けて日本語で要約するという課題だ。

あたしがまだ半分ほどしか進んでいない中、クラスメイトたちは次々と課題を終えてお喋《しゃべ》りをし始めた。絵梨子が、ペットのハムスターの可愛《かわい》すぎる写真をスマホの待ち受け画像にしていると友人らに自慢し、「知ってるし。ていうか、今年の年賀状の写真もそうだったじゃん」「そうそう、いつもはネズミって言うと『マロンたんはネズミじゃない！』とか怒るくせにさー」などと茶化されている。

周りの呑気《のんき》な会話に、いっそう焦りながらプリントと格闘する。まず段落をどう分けるかで頭を悩ませたし、なじみのない慣用句がいくつも使われていたりして、それらを辞書で調べるのもひと苦労だった。皆、どうしてそんなに簡単に解けるんだろう。それとも、あたしの集中力がいつもより鈍っているの……？

手こずっているあたしを見かね、絵梨子がお喋りをやめて手伝ってくれる。英語の成績はあたしの方が良いはずなのに、と疑問を覚えているのは絵梨子も同じようだった。

授業終了のチャイムが鳴る直前までかかってようやくプリントを終えたあたしに、絵梨子が気遣うように笑いかける。

「夏帆さ、お母さんのこととかで、きっと疲れてるんだよ」

……そうかもしれない。他人に口にされると、あらためて心がしぼんだ。

気落ちしながら、一人で帰り道を歩く。あたしたちが住んでいる光が丘のマンションの周囲は自然が多い。特に夏の今は、鮮やかな緑が眩《まぶ》しいほどだ。頭上から大音量で降ってくる蝉《せみ》の鳴き声を聞きながら、額ににじむ汗を拭う。暑さは上限を知らず、日に日に増していくようだ。

マンションの近くまで来たとき、ふと、向かいの通りを歩く見覚えのある背中が目に入った。――晴希だ。家に帰るところだろうか。

声をかけようとし、そこで初めて、晴希が一人ではないことに気が付いた。

……制服姿の晴希の隣に、見知らぬ小さな女の子の姿があった。五、六歳くらいだろうか？　ウサギのように髪を二つに結んだ幼女の手を握って、晴希は公園の方へと歩いていく。女の子の首の後ろに大きなアザが見えて一瞬どきりとしたけれど、新しいものではないらしく、特に痛がっている様子もないので、生まれつきなのかもしれない。

怪訝《けげん》な思いで後ろ姿を見送った。あの子供は、誰だろう？

トラックに視界を遮られ、再び向かいの通りを見ると、彼らの姿はもう消えていた。公園に入っていったのだろうか。

少し考え、あたしは再び家への道を歩き出した。もしかしたら、よく似た背格好の男の子を見間違えたのかもしれない。どうせ帰ったら後で顔を合わせるんだし。

すぐにあたしの頭の中は、ネットで検索した夕食のレシピに占められた。

スーパーで食材を買って外に出ると、駐輪場のところで日傘をさした中年女性が二人、立ち話をしていた。どうして女の人って道端でお喋りするのが好きなんだろう、とぼんやり思いながら脇を通る。思いがけない言葉が耳に飛びこんできたのは、そのときだった。

「それでね、今月に入ってから、この辺で子供がいたずらされるみたいな事件ばっかり起きてるらしいのよ。嫌ねえ」

声をひそめているけれどはっきり聞こえてしまった会話に、思わず鼓動が跳ね上がる。もう一人の女性が、同調するように顔をしかめて頷《うなず》いた。

「この前も、公園で遊んでた小学生の女の子が連れ去られそうになったんでしょ。抵抗して怪我《けが》したって聞いたわよ。本当に怖い。小さな子供にそんなことするなんて、心が病んでるっていうか——」

そこで、ぴたりと会話が止まった。視線を向けると、二人はなにやら不審そうな目つきでこちらを見ている。

不躾《ぶしつけ》に耳をそばだてているのを気付かれたのかととっさに慌てたけれど、彼女たちの胡散臭そうな視線はあたしではなく、すぐ近くに立っていた若い男に向けられている様子だった。全身黒っぽい服装をした人相の悪い男を盗み見て、女性たちがひそひそと囁《ささや》き合う。犯人はああいう感じの男かも、などと無責任な噂《うわさ》話《ばなし》をしているのかもしれない。

彼女らの怪しむような視線に居心地の悪さを覚えたのか、男はすぐにどこかへ立ち去ってしまった。あたしも平静を装って、その場から離れる。

歩きながら、今しがた耳にした会話が頭の中で再生された。ざわりと胸騒ぎのようなものを覚える。

(この辺で子供がいたずらされるみたいな事件ばっかり起きてるらしいのよ)

さっき晴希が見知らぬ女の子と手をつないでいた光景が、ふと頭に浮かんだ。直後に苦笑いする。

……まさか、そんなことあるわけないじゃない。あたしったら何をバカみたいなこと考えてるんだろう。

おかしな思考を追い払い、これから作る夕食のレシピを無理やりに思い描いてみた。美味《おい》しそうな夏野菜。鶏肉。オリーブオイル。

だけど、食欲はいつのまにか、あたしの中から失《う》せてしまっていた。

◇

――数日後。

学校の帰り、夕方になっても熱を孕《はら》んだ外気に息を吐く。今日もうだるような暑さだった。全身がどろどろに溶けてしまうんじゃないかという錯覚に襲われる。と、マンションの近くで再び晴希を見かけた。

少し先を歩いていく晴希は、今日は一人の様子だ。追いつこうとして足を速めたとき、急に晴希が家とは逆の方向に曲がり、え、とふいをつかれた。どこに行くつもりだろう……？

なんとなく声をかけそびれてそのまま後をついていくと、晴希は先日と同じ公園に向かっているようだった。正面入口にある駐車場を通り抜け、公園の敷地内を歩いていく。

少しためらった後、あたしは晴希の後を追った。この公園の敷地は広く、遊具などが設置された遊び場の他に、ちょっとした大きさの池と散歩コースがある。

木々が生い茂っていて見通しが悪く、昼間でも暗い印象があるせいか、訪れる人は普段からそう多くない。たまに遊具で遊ぶ子供や、犬を散歩させる人の姿をぽつぽつ見かけるくらいだ。

かくいうあたしも、子供の頃に友達とここで遊んだ記憶はあるけれど、もう何年も来たことはなかった。晴希はなんだって学校帰りにこんな所に来たんだろう?

晴希は少し離れてついていくあたしに気付く様子もなく、無人のブランコや滑り台の付近をうろうろしている。その姿は、誰かを捜しているようにも見えた。

訝《いぶか》しく思いながら見守っていると、しばらくして、晴希は遊具から離れて歩き出した。そのまま、両脇に木々が植えられた遊歩道を進んでいく。周囲に人気はなく、蟬の声だけが切れ間なく響いていた。夏、と主張するような喧《かまびす》しい音。汗で服が肌に張りつき、うっとおしい。

弟の背中を見つめながら、コソコソと後を追っている状況に、次第にばつが悪くなってきた。

思いきって声をかけようとすると、晴希が遊歩道を外れ、散歩コースの途中にある公衆トイレへ歩いていく。それを見て、なんだ、と苦笑してしまった。

きっと帰宅途中にトイレに行きたくなって、公園に寄っただけだったのだろう。

肩に入っていた力が抜け、さっきまでの自分が滑稽《こっけい》に思えてきた。引き返そうとして何気なく晴希の方を見やり、次の瞬間、ぎょっとする。

——晴希が、赤でTOILETと表示されたドアに入っていったように見えた。すなわち、婦人用だ。

ためらいもなく女子トイレに消えていくその後ろ姿に、反射的に固まった。何？　どうして——。

と、立ちすくむあたしの耳に、いきなり賑やかな音楽が飛びこんできた。驚きに鼓動が大きく跳ね上がる。あたしのスマホの着信音だ。

公園内で着信音がひときわ大きく聞こえて、慌ててその場を離れながら鞄《かばん》のスマホを探った。ぽつんと一台だけ黒い車の停《と》まった駐車場を横切り、動揺しつつも応答すると、かけてきたは絵梨子だ。

『あ、夏帆？　ねえ、いまクラスの子たちと駅前にいて、これからカラオケ行くんだけど来れないよね……？』

電話の向こうから聞こえてくる絵梨子の声に、どぎまぎしながら返事をする。

「い——行けない。夕食の支度があるから、ごめんね」

『そっか、こっちこそごめん。また今度』

明るく言われて電話が切れた。たまには気分転換も必要だよ、そう言って、絵梨子はめっきり友達付き合いの悪くなったあたしにもこうして声をかけてくれる。友情に感謝するよりも先に、今しがた目にしたものを思い浮かべてしまい、緊張に身がこわばった。

――人気のない公園の女子トイレに入っていく弟の、後ろ姿。

全身から汗が噴き出してくる。自分を落ち着かせるように、大きく息を吸い込んだ。

……男子トイレと間違えて入ったのかも。ただそれだけの話。あの子は昔から、ちょっとぼんやりしたところがあるから。

自身にそう言い聞かせながら、もう公園の方は振り返らずに歩き続けた。暑さのせいか、頭がくらくらとする。最近の暗い、思いつめたような晴希の表情が脳裏にちらついて消えなかった。強引に思考を切り換える。そう……夕食。夕食の支度をしなきゃ。

帰宅してすぐ、あたしは食事の支度に取りかかった。トマトと大葉のパスタ。コンソメスープにチキンサラダ。トマトを湯剝《ゆむ》きし、包丁を握る。誰もいない台所に換気扇と、人参《にんじん》を刻む音が空虚に響いた。

母が亡くなってから、お料理だって洗濯だってきちんとやってる。家の中は、もしかしたら母が居た頃よりも片付いているかもしれない。

母は大らかな性格で、大ざっぱなところのある人だった。町内会の旅行などで買ってきたお土産品を気の向くまま並べた結果、居間の棚にはハワイアンドールの横に赤べこが無秩序に飾ってあったりもした。年頃の女子が持っていくのがちょっと恥ずかしいような大きな丸いおにぎりや、市販の焼き肉のたれで手軽に味付けした茶色っぽい卵焼きだとかを思い出す。明るくて、よく笑う人で。……そんな母のことが、大好きだったことを。

と、玄関のドアが開閉する音がした。晴希が帰ってきたのだろうかと思い、ハッとして見ると、台所に顔を出したのはスーツ姿の父だった。いつもより疲れているように見える。ここ最近、特に忙しそうだ。

「――おかえりなさい。夕飯、今できるけど」

あたしの言葉に、ああ、と父が申し訳なさそうに表情を曇らせた。

「すまない、これから会議ですぐ戻らなきゃならないんだ。あと、悪いが、これ明日クリーニングに出しておいてくれないか」

「うん、わかった」

すまない、ともう一度口にして紙袋を手渡してくる父を見やり、なんだか謝ってばかりだな、と思う。父がちらりとあたしを見た。何かを言いかけ、口を閉じる。

「……帰りは遅くなるから。戸締りは、忘れずにきちんとしなさい」

いつものように短く告げ、父は慌ただしく家を出ていった。本当に仕事の合間に立ち寄っただけらしい。疲労感を覚えて、小さくため息をつく。

まもなく料理が出来上がった。一緒に食べようと思い、しばらく晴希の帰りを待ってみたものの、なかなか帰ってくる気配はない。

……窓の外はもう暗くなっていた。携帯にメッセージを送ってみようかと思ったとき、さっきの光景がふいに頭によみがえった。妙に不安になり、胸がざわついてくる。

そのとき、玄関の方でドアの開閉音がした。乱暴に叩《たた》きつけるような音。次いで、荒々しい足音が聞こえてくる。

「晴希？」

怪訝に思い、廊下を見た。台所の前を通り過ぎ、自分の部屋に向かおうとしていた晴希が声をかけられてぎくりとしたように振り返る。その表情を目にし、反射的に息を詰めた。

晴希の顔は青ざめ、不自然にこわばっていた。全速力で走ってきたのか、滝のように汗をかき、呼吸が荒い。

「ど——どうしたの？」

狼狽《ろうばい》して尋ねたあたしから、晴希は顔を背けた。「なんでもない」とかすれた声で呟き、そのまま部屋に入っていこうとする。

慌てて晴希の腕を摑《つか》んだ。

「そんなわけないでしょ？　ちょっと、何があったのよ」

次の瞬間、晴希が血相を変えてあたしの手を振り払った。目を逸らし、引き攣《つ》った声で叫ぶ。

「なんでもないって言ってるだろ……！」

思いがけない激しい拒絶に、衝撃を受けた。大人しい晴希がこんなふうに怒鳴ったことなんて、今までなかった。晴希があたしに背を向ける。

「待ちなさ――」

言いかけ、視界に飛びこんできたものに、とっさに言葉を失った。汗で濡《ぬ》れて晴希の背中に張りついたシャツの一部が、赤く汚れて見えた。肩甲骨の辺りに付着している微《かす》かなその汚れは――血痕？

あたしが凍りついた隙に、晴希は逃げるように自分の部屋に駆け込んだ。閉められたドアの向こうで、鍵を掛ける硬い音がする。

「晴希、ねえ、どうしたの……!?」

あたしは動揺しながらドアを叩いた。自分の声が、緊張に上ずっている。怖い。一体、何があったのだろう？

「ねえ、開けてってたら」

呼びかけると、放っといてくれよ、とドア越しにくぐもった声が返ってきた。その後はどれだけ声を掛けても、答えてくれない。

あたしはどうしていいかわからず、呆然とその場に立ちすくんでいた。

◇

それから三日が経《た》っても、晴希はあの日のことについて何も喋ってはくれなかった。

一見何ら変わりなく生活しているように見えるけれど、思い詰めた表情でふいに黙り込んだと思えば、時折、怯《おび》えたような眼差《まなざ》しをすることもある。明らかに挙動不審な弟が心配だった。

だけど、晴希はあたしを避けている。

あたしは生活の中でさりげなく、晴希の様子を窺《うかが》った。……断定はできないけれど、少なくとも彼自身が身体《からだ》のどこかに大きな怪我を負っているようには見えない。

シャツに付いていた赤い汚れが脳裏によみがえり、落ち着かなかった。

あの血は、晴希ではない別の誰かのものだったのだろうか？　だったらどうして、晴希の衣服にそれが付着していたんだろう——？

もやもやと、得体の知れない不安が募る。ノートを写させて欲しいと頼みにきた絵梨子から心配そうに「夏帆、体調悪いんじゃない？　大丈夫？」と尋ねられたので、よほど暗い表情をしていたのかもしれない。学校の後、ぼんやりしながら、夏の日差しが降り注ぐ歩道を歩く。

……見なきゃよかった、というものを目にしてしまったことがある。

棺《ひつぎ》に納められた母の左耳から、黒っぽい血が細くひとすじ、流れ落ちるのを見た。あぁ、頭の中で出血したから。麻痺《まひ》したようになった頭の片隅でそう思ったとき、あたしは母の死というものを否応《いやおう》なく受け入れなければならなかった。

それを見てしまったことで、どうしようもなく何かが決定づけられる。そういう瞬間があることを、あたしは知っていた。陽光が眩しくて、目を伏せる。

歩きながら、いつのまにかあの公園の近くまで来ていた。少し迷い、公園に立ち寄ってみる。敷地内に入ると、ブランコや滑り台といった遊具の近くには他に誰もおらず、じりじりと蟬の鳴き声だけが辺りを支配していた。晴希の姿が見当たらなかったことになんとなく安堵《あんど》しながら、公園を後にする。

と、公園の前で立ち話をする数人の女性の姿が目についた。いずれも手ぶらでサンダルをつっかけた気軽な格好をしているところを見ると、公園のすぐ近くのマンションに住む人たちかもしれない。

すれ違いざま、「またですってよ」という不穏な囁きがあたしの耳に飛びこんできた。若い女性が怒りと不安を滲《にじ》ませた声で言う。

「矢萩《やはぎ》さんとこの沙織《さおり》ちゃんでしょ……？　公園で一人で遊んでたんですって。六歳の女の子がこんな被害に遭うなんて、本当にひどい」

その言葉に、他の女性たちが力強く同意する気配があった。

「もう数日経つのに、犯人が捕まったって話は聞こえてこないじゃない。全く、警察は何やってるのかしら」

「いたずら目的の変質者が近所をうろついてるかと思うと、怖くて子供を外でなんか遊ばせられないわよ」

公園。六歳の女の子。変質者。聞こえてきた言葉にどきんとして、気が付くとあたしの足は止まっていた。以前、晴希と手をつないで公園の方に歩いていった、幼い少女の姿が頭に浮かぶ。――まさか、ね。

「あの……すみません」

恐る恐る、立ち話をしている女性に声をかける。話を止めてこちらを見る彼女たちに、緊張しながら尋ねた。

「その女の子って、もしかして、首の後ろに大きなアザがある子ですか……？」

女性たちは、急に話しかけてきたあたしに戸惑ったような顔をした。それから、訝しげに眉をひそめて問い返してくる。

「あなた、矢萩さんのお知り合い……？」

あたしの問いを肯定したも同然のその言葉に、思わず息を呑んだ。とっさに後ずさり、いえ、すみません、とかすれた声を発して慌ててその場から歩き去る。どくどくと心臓が脈打っていた。信じられなかった。

――晴希と一緒に歩いていたあの女の子が、数日前、変質者の被害に遭った。

汗に濡れ、震え出す手で口元を覆う。三日前に帰宅したときの、ただならぬ晴希の様子が思い起こされた。逃げるように部屋に閉じこもった晴希。そのシャツに、赤い汚れが付いていたこと。考えたくなかった恐ろしい可能性が頭に浮かぶ。

まさか——小さな女の子を襲った犯人は、晴希なのか……？

喘《あえ》ぐみたいに呼吸すると、頭がくらっとした。よろめくように歩きながら、混乱しつつも考える。どうしよう、どうしたらいいの？　こんなこと、絶対誰にも相談できない。あたしたちに無関心な父には頼れない。どうして、晴希は一体、どうしちゃったの——？

混乱しながら青信号でふらりと足を進めた、そのときだった。

「夏帆！」

突然、背後で鋭い声がした。同時に軋《きし》むようなブレーキ音が響く。驚いて顔を上げると、あたしのすぐ間近で車が急停止するところだった。けたたましくクラクションが鳴らされる。

と、後ろから誰かが勢いよくあたしの腕を摑んだ。そのまま強い力で歩道の方に引っぱられる。——絵梨子だ。

とっさに何が起こったのかわからず呆然としていると、顔を引き攣らせた絵梨子があたしに向かって、いきなり怒鳴った。

「何やってるのよ、夏帆……！」

心なしか、その表情が青ざめているように見える。痛いくらいにあたしの腕を摑む手も、微かに震えていた。

「絵梨子……？」と怪訝に思って呟くと、彼女はキッとあたしを見た。

「ノート、学校で返し忘れちゃって。家の近くまで来たら夏帆が歩いてくのが見えて、声かけようとしたら赤信号でふらふら車道に出ていくんだもん。ほんとに轢《ひ》かれるかと思ったよ!?」

「え……？」

あたしは驚いて道路を振り返った。信号機を見つめ、次の瞬間、目を瞠る。

――信号は、赤だった。嘘《うそ》、さっきは確かに、青だと思ったのに……。

膝から力が抜けて、あたしはその場にへたりこんだ。夏帆、と傍らで絵梨子が心配そうに言う。

「ねえ、一緒に、病院に行こう？」


絵梨子に付き添われ、あたしは訳がわからないまま駅前の病院を訪れた。複数の検査を施され、しつこく感じられるほど念入りな問診を受けた後、女性の医師はあたしに告げた。

「……おそらく、心因性の視覚障害だと思うの」

そう話す彼女の声には、気遣わしげな色が含まれていた。

曰《いわ》く、目そのものには異常が無いのに、視野や色覚に異常が出る症状があるらしい。

この症状が見られるのは十代の女子が多く、心理的なストレスが原因となっている場合が多いらしかった。……色覚の異常として、たとえば赤と黒、赤と緑を見誤る傾向があるそうだ。

ああ、とため息のような声が漏れる。診断を聞いたとき、真っ先に「腑《ふ》に落ちた」という思いがあった。

そのせいで調味料や信号機を見間違えたのか、と疲れた頭でぼんやり思う。いつになく英語のプリントに手間取ってしまったのも、きっとそのためだったのだろう。おそらくあの英文は、段落の初めや慣用句が赤字で強調されており、あたしにはそれが判別できなかったのだ。

「もちろん、念のためにより精密な検査をしてみてもいいけれど……最近お母様が亡くなられたのなら、あなたの場合はそれが原因になっている可能性が高いんじゃないかしら」

ひどく優しげな声音でそう言われ、あたしは思わずうつむいた。

鈍痛のように、じわじわとショックが込み上げてくる。母の死に、自分もまた大きなダメージを受けているのだという事実を容赦なく突きつけられた気がした。懸命に築いた砂の城があっけなく波に崩されてしまったみたいだった。意思に反して、視界がにじむ。

しっかりしなきゃ、母の分もあたしがきちんとしなきゃいけない、何度も自分にそう言い聞かせてきた。……だけど本心では、そう思うことが自分を支える唯一の術《すべ》なのだと気付いていた。

母がいなくなって、家族は皆、ばらばらだ。父のことは頼れない。弟が何を考えているのかわからない。泣きたい思いに駆られて、下唇を噛《か》む。

——そのときだった。

ふと、ある考えが脳裏をよぎった。唐突に思い浮かんだ可能性に、息を詰める。……晴希の不自然な行動。あたしの思った色覚異常。

まさか、もしかしたら——。

◇

その日、晴希が帰宅するとすぐ、あたしは彼を呼び止めた。

「話があるの」

あたしの真剣な声に、晴希は仕方なさそうに立ち止まった。緊張と警戒の入り混じった声で、「何……？」と訊《き》いてくる。

目を伏せたままの晴希に、深く息を吸い込み、意を決して尋ねた。

「ねえ。——何か、隠してることがあるでしょう？」

単刀直入な問いに、晴希がはじかれたように顔を上げる。あたしは怯《ひる》まず、まっすぐに彼を見返した。

……あの日、公園で、晴希が女子トイレに入っていったと思い込んでうろたえた。け

れども し、男子トイレを示す黒い表示を、あたしが赤い色と見誤ったのだとしたら？ そして、晴希のシャツに付着していた汚れが赤い色ではなく、黒っぽい何か――たとえば泥はねのようなものだったとしたら？

間が悪く視覚障害の症状が出てしまったことで、あたしは危うく事実まで見誤るところだった。だけど、実際に起こったのはこうだ。

晴希が見知らぬ小さな女の子と歩いていたこと。ひどく取り乱した様子で帰ってきた日があったこと。一緒にいた女の子が変質者の被害に遭ったらしいこと。そして、晴希の様子がおかしいこと。

点と点を勝手に思い込みの線で結ぶような真似《まね》をするのではなく、あたしは真正面から晴希を見つめ、きちんと話をしなくてはいけなかったのだ。何を抱えているのか、と。

晴希が頬をこわばらせ、怖い顔であたしを睨《にら》む。硬い声で低く呟いた。

「別に、関係ないだろ」

「……公園で、あんたが小さな女の子と一緒にいるのを見たの」

晴希の肩がビクッと揺れる。その反応に、緊張しながら続けた。

「近所で、子供がいたずらされる事件が起こってるって話を聞いた。あのとき晴希と一緒にいた女の子が被害に遭ったらしいって、知ってた？」

あたしの言葉に、晴希があからさまに狼狽した様子で目を逸らす。その拳がきつく握られている。

「もしかして、何か知ってるの？　最近あんたの様子がおかしいのと関係があるの？　ねえ、話してよ、晴希」

晴希はうつむいたまま答えない。その表情には、追い詰められたような険しさがあった。

「どうして言えないの？」と泣きそうな思いで問いかける。不安ともどかしさが喉元まで込み上げた。目の前にいるはずの弟が、ひどく遠くに感じられる。

「お母さんがこんなことになって、お父さんはあたしたちに関心なんかなくて、助け合える家族はもうお互いしかいないんだよ……!?」

かすれた声で懸命に訴えた直後、ふいに晴希が動いた。あたしを押しのけ、そのまま玄関を飛び出していく。

「晴希！」

あたしは慌てて晴希の後を追い、外に出た。頭の中が混乱していたけれど、行かなくては、と、とにかく必死だった。今この子と向き合えるのは、あたしの他に誰もいないのだ。

息を切らし、暗がりを走っていく晴希の背中を追いかける。蒸し暑い中、生ぬるい空気をかき分けるように走り続けると、苦しくて喉の奥で血の味がした。全身から汗が滴りそうだ。例の公園に入ったところで、ようやく晴希を捕まえる。

腕を引っ張って強引に顔を覗き込み、直後にぎょっとした。晴希は苦しげに眉を寄せ、今にも泣き出しそうな顔をしていた。荒い呼吸の下から、恐る恐る、再び尋ねる。

「……何があったの？」

晴希は尚《なお》も葛藤するように唇を噛み、ややあって、ようやく重い口を開いた。

「――公園の近くで、何度かあの子を見かけたんだ。両親が共働きしてるらしくて、ひとりでさみしそうに遊んでた。お母さんの帰りを待ってるんだって。……なんとなく気になって、それで時々、遊んであげてたんだ」

ぎこちなく話しながら、晴希がどこか気まずそうな表情で地面を見る。もしかしたら、寂しげに母親を待つ子供の姿に自分を重ねてしまい、放っておけなかったのかもしれない。晴希が緊張した面持ちで唾を呑み込んだ。意を決したように、話を続ける。

「あの日、学校の帰りに気まぐれで公園に寄ってみたんだ。そのときあの子は来てなくて――帰ろうとしたら、いきなり背後から誰かに押さえつけられた」

あたしは驚いて目を瞠った。とっさに晴希を見つめると、口にしたことで当時の恐怖がよみがえったのか、暗がりでもその頬が引き攣っているのがわかった。つられてあたしも身を硬くする。そんな、まさか――。

「そのまま、ものすごい力で遊歩道の茂みに引きずりこまれて――地面に倒されて。怖かった。こ、殺されるかと思った」

晴希の呼吸が不規則に乱れ出す。あたしは、全身の血が引いていくのを感じた。同年代の男の子に比べてずいぶんと華奢な晴希。女の子みたいに優しげな顔立ちの、晴希。

「めちゃくちゃに抵抗して、隙をついて必死で逃げた。本気で怖かったし、ショックで気持ち悪くて、どうしたらいいかわからなかった。誰にも言えなかったんだ。——だけど」

まるでどこかが激しく痛むみたいに、晴希が表情を歪《ゆが》める。

「その後、あの公園で沙織ちゃんが変質者の被害に遭ったらしいって、噂で知ったんだ」

声が、震えた。堪《こら》えきれないというふうに、晴希は両手で顔を覆った。

「もし、僕があのときすぐに警察に話してたら、そんなこと起きなかったかもしれない。僕の——僕の、せいだ」

うめくように悲痛な泣き声を漏らす晴希を見つめながら、あたしはようやく理解した。

晴希は何者かに襲われた恐怖心と、おそらくは家族に心配をかけたくないという気持ちから、自分の身に起きたことを誰にも話せずにいたのだ。ただならぬ様子で帰宅したあのとき、晴希は恐ろしい目に遭った直後で激しく怯えていたのだろう。そして後日、幼い女の子が同じ被害に遭ったことを知った晴希は自分を責め、ひとりで苦しんでいたのに違いなかった。弟が抱えていた事実の重さに、指先が冷えていくような感覚に襲われる。

「……どうして、あたしに話してくれなかったの？」

あたしは、胸が塞《ふさ》がるような思いで尋ねた。

「お母さんがいなくなってから、晴希、全然喋らなくなったよね。どうして相談してくれなかったの。あたしが、頼りないから……？」

「違う」

顔から手を離し、晴希が驚いたように言う。

「じゃあ、どうして？」

あたしの問いに、晴希は視線をさ迷わせた。ためらった後、おずおずと口を開く。

「……姉ちゃん、母さんがいなくなってから変わったじゃん。家中を片付けたり、凝ったおかず作ってくれたりとかさ」

でも、と晴希が沈痛な面持ちで続けた。

「母さんの作る大雑把なご飯とか、ごちゃごちゃした部屋とか、そういうのまだなくならないで欲しかったし――なんか、姉ちゃんだけ一人でどんどん先に行っちゃうみたいで、すごく悲しかった。なんでそんなふうにさっさと次に行けるんだよ、もうちょっと待ってくれよって、そう思ってた」

晴希の言葉に、呆然とした。あたしは家族のためにしっかりしなきゃと思ってたのに、晴希に辛《つら》い思いをさせたくないと努力していたつもりだったのに、逆にそれが、晴希を傷つけていたというのか。

「なんで、そう言わなかったの？」

尋ねると、晴希は目を赤くして唇を噛んだ。沈黙の後、小さな声で呟く。

「……そんな子供っぽい、バカみたいなわがまま言えないじゃん。だって、姉ちゃんがオレのために頑張ってくれてるの、知ってるし」

あたしは言葉を失い、立ち尽くした。

ふと、幼かった頃の光景がよみがえる。近所のやんちゃな男子たちがふざけて赤とんぼを捕まえてせっけん水につけたとき、いつもおっとりしている晴希が血相を変え、彼らから赤とんぼを奪い取った。助けようとして懸命に水で洗ったら、赤とんぼは結局、びしょ濡れになって飛べなくなってしまった。それを見て、心底悲しそうに泣いていた晴希。

不安が見せる偽りの赤じゃなく、あのときの赤とんぼの色が、脳裏に浮かぶ。

――そうだ。あれがあたしの弟だ。目の前の晴希は何ひとつ変わっていない、あのときの優しい弟のままなんだ。そう思った途端、心が決まった。

あたしは、ゆっくりと晴希に告げた。

「……晴希。一緒に警察に行こう」

晴希が涙のにじむ目であたしを見る。あたしはできるだけ穏やかに微笑《ほほえ》みかけた。

「大丈夫、あたしもついていくから」

そう口にした直後、ふいに晴希が目を瞠った。彼はなぜか驚いたようにあたしの後ろを見ている。そこで初めて、晴希があたしの言葉ではなく、何か別のものに注意を奪われているのに気が付いた。

「どうしたの？」と怪訝に思って尋ねると、晴希が小さく息を呑む気配がした。ややあって、かすれたような声で呟く。

「――あの車」

あたしは、晴希が指さした方向を振り向いた。がらんとした公園の前の駐車場に、黒い車が一台だけ停まっている。車が、どうかしたのだろうか？

晴希は硬い口調で言った。

「あの日、公園で襲われたときも――あの車が停まってた」

え、とあたしはまばたきをした。よくわかっていないあたしに、焦《じ》れた様子で晴希が続ける。

「黒い車がぽつんと停まってるの見て、霊柩車《れいきゅうしゃ》を思い出して憂鬱な気分になったの、覚えてるんだ。ナンバーに4が続いてるのもなんとなく嫌な感じがしたから……車種も同じだし、たぶん、あのときの車だと思う」

「それって――」

晴希の言おうとしていることをようやく理解し、身がこわばった。

あらためて見ると、夜の公園に停められた無人の黒い車は、どこか不吉な感じがした。ためらった後、あたしは恐る恐る、その車に近付いてみた。立ちすくんでいた晴希も、緊張しながらついてくる。

濃いカーフィルムが窓に貼ってあって見えにくいが、車内には誰もいない様子だ。

……夜にこんな人気のない公園の駐車場に車を停めて、車の持ち主はどこに行ったのだろう？

無性に、胸がざわついた。暗がりにいるのが不安で、早くここから立ち去りたい気分だった。それに、父にもこのことを相談しなければならないだろう。

ひとまず帰ろう、と晴希を促そうとしたとき、暗闇の向こうから一人の人物が歩いてくるのが見えた。暗くて顔はよく見えないけれど、がっしりとした体格の中年男のようだ。

車の側《そば》に立っているあたしたちを見て、男はぎょっとしたように足を止めた。そのまま窺うように、こちらを見ている。あの男が、この車の持ち主だろうか？

突然、腕を引かれてビクッとした。隣を見ると、晴希が明らかに顔を引き攣らせてあたしの服の袖を摑んでいる。その表情には、恐怖と混乱が浮かんでいた。

蒸し暑い夏の夜だというのに、背筋を冷たいものが滑り落ちる。まさか、この男が、晴希を襲った犯人なのか……？

立ち止まっていた男が、こちらに近付いてくる。動揺し、あたしたちはとっさに身をひるがえした。やむをえず、公園内に向かって足早に歩き出す。ちらりと肩越しに振り向くと、男が車の前を素通りし、あたしたちの後ろをついてくるのが見えた。鼓動が大きく跳ね上がる。動揺しながら、横を歩く晴希にさりげなく耳打ちをした。

「――しっ、なんでもない顔して歩いて。反対側から出るわよ」

公園には、東西に一つずつ出入口がある。公園を抜けたら、すぐに近くの交番に駆け込もうと思った。

鬱蒼《うっそう》と木々に囲まれた遊歩道をひたすら早足で歩く。普段なら蚊に刺されないかと心配するところだけれど、そんなことを気にしている余裕は一ミリもなかった。真っ暗な中、周りに人の姿は見当たらない。虫の鳴き声や枝葉のざわめく音にまぎれて、男が歩いてくる気配がした。後ろを振り返るのが怖かった。さっきからかなり早いペースで歩いているのに、足音は一向に離れない。もし第三者がいたら、まるで無言の競歩をしているようにでも見えたかもしれない。

ごくり、と緊張に唾を呑み込んだ。――間違いない。後をつけられている。一目散に走って逃げたい気持ちと、今ここで駆け出したら取り返しのつかないことが起きてしまうのではないか、という不安が胸の内でせめぎ合う。

痛いくらいに脈打つ心臓の音や息遣いまで、相手に聞こえているような気がした。全身を流れ落ちる汗は、もはや暑さのせいだけではなかった。落ち着いて、このまま何も知らないふりをして歩かなきゃ。そう思うのに、気を抜くと足が震えてしまいそうだった。動揺を押し隠して無言のまま歩き続けると、しばらくして、ようやく公園の出口が見えてきた。暗い道の向こう、車の往来する通りが目に入る。安堵が胸をよぎった。……あと少しで、公園から出られる。

そう思った直後、後ろから聞こえていた足音が突然、近くなった。背後から急速に迫ってくる。張りつめていた静寂が一瞬にして崩れ、反射的に喉から悲鳴がほとばしった。あたしと晴希は公園の出口を目指して同時に駆け出した。しかし足がもつれ、あたしはその場に転倒してしまう。こちらを振り向き、晴希がハッと足を止めた。まずい、と焦ったあたしはとっさに叫んだ。

「逃げて！」

大声を出した途端、いきなり後ろから髪を引っ張られた。胃の辺りが圧迫され、苦しさにぐふっとうめき声が出る。間近で、むっと汗の臭いがした。倒れたあたしの上に男が馬乗りになったのだと気付き、激しい恐怖に襲われた。

「いや……！」

強引に押さえつけてくる腕に、必死で抗《あらが》う。次の瞬間、顔に熱い痛みが走った。勢いよく頬を張られたらしく、口の中に鉄臭い味が広がる。

身体から力が抜けそうになったそのとき、晴希が上ずった叫び声を上げて男に飛びかかってきた。拾ったらしい枝を振り回し、がむしゃらに男に叩きつける。打たれた拍子に枝で頬を切ったらしい男が「うっ」とうめき、逆上した様子で晴希を殴りつけた。鈍い音がして、小柄な晴希が人形のようにはじき飛ばされる。木の幹にぶつかって崩れ落ち、脳震盪《のうしんとう》でも起こしたのか、そのまま立ち上がれない。

晴希、と叫んであたしは男の下から逃れようとした。しかしもがいても、びくともしない。男の荒々しい息遣いが近付き、汗で湿った両手があたしの喉元にかかった。強い力で締め上げられ、かすれた声が喉から漏れる。痛いのか苦しいのか、もうわからなかった。ものすごい力に、首の骨が折れてしまうのではないかと本気で思った。気力を振り絞ってどうにか逃れようとするも、痺《しび》れたようになった腕は、力なく地面を掻《か》くことしかできない。生々しい死を思い、本能的に恐怖する。いや、やめて、助けて。――お母さん。

絶望と共に心で叫んだとき、のしかかっていた男の重みが突然、消えた。

怒鳴り声と、激しい物音が聞こえる。誰かが争っているような気配。あたしは何度も咳き込みながら、ふらふらと上体を起こした。息苦しさに頭がぼうっとし、唇の端が唾液で濡れていた。一体、何が起こったのだろう？

視線を動かし、視界に飛びこんできた光景に、信じられない思いで叫ぶ。

「お父さん……！」

地面の上で、父が男と掴み合っていた。父は殴られたのか鼻血を出しながらも、逃げようとする男を必死の形相で押さえこもうとしている。放せ、と男が暴れて吠《ほ》える。しかし父は力を緩めようとしない。

そのとき、公園の外から誰かが走ってくるのが見えた。若い男女が二人、「こっちです」と興奮した様子で警官を呼んでいる。どうやら騒ぎに気付いた通行人が近所の交番から警官を連れてきてくれたらしい。

取り押さえた犯人をようやく警官に引き渡すと、父は血のにじんだ痛々しい顔を押さえながら、血相を変えてあたしたちの側にやってきた。

「夏帆、晴希、大丈夫か……？」

父の言葉に慌てて晴希の方を見ると、苦痛に顔をしかめてよろめきながら近付いてくる。こちらも無傷とはいかないが、どうにか無事のようだ。

まだ状況が理解できず、放心しながら父を見上げた。

「どう、して――」

ここにいるのか、と尋ねようとして再び咳き込む。拍子に、切れた口の中がぴりっと痛んだ。父は心配そうにあたしを見つめて、硬い声で答えた。

「帰ったら玄関の鍵が開けっ放しで、二人ともいないから驚いたんだ。財布も携帯も家に置いたままだったから、何かあったんじゃないかと心配になって近所を探し回ったんだよ」

そう言って、父がぎこちなくあたしと晴希の肩に触れる。それから、長く、かすれた息を吐き出した。

「――無事で、よかった」

その指が微かに震えているのを見て、急に胸が苦しくなった。あたしと晴希に関心がないはずの父が、こんなにも必死になって、あたしたちを探してくれたのか。

戸締りはきちんとするように、と出がけにいつも告げていく父。……もしかしたら父は、あたしや晴希をも母と同じように失うのではないか恐れていたのだろうか。こんなふうに、指先が震えてしまうほどに。

あたしたち家族は、相手を思いやりながら、お互いが不器用にすれ違っていたのかもしれない――。

そんなことを思いながら、あたしは遠くから近付いてくるパトカーの赤色灯をぼんやりと眺めていた。

◇

――あれから、一ヶ月が経つ。

母が亡くなって大変なことは相変わらずたくさんあるし、そうじゃなくなったことも少しある。あたしの視覚はいつのまにかあっけなく元に戻っていた。……存在しない赤い色は、もう見えない。

「晴希、お弁当忘れないでよ」

出がけに声をかけると、「わかってるって」と晴希が言葉を返してきた。玄関で靴を履きながら、にやっと生意気に笑う。

「昨日の卵焼き、結構うまかった」

「結構って何よ。すごく、でしょ」

いつものように軽口を叩き合いながらドアを開ける。見ると、空に一匹の赤とんぼが飛んでいた。夏が終わり、次の季節に変わろうとしているのだ。

家の中を振り返り、行ってきます、と、写真立ての中で笑う母に心の中で声をかける。

それから息を吸い込み、あたしはゆっくりと外に歩き出した。

第三話『Under the rose』秋

――記憶にあるのは、むせ返るような薔薇《ばら》の香りだ。

◇

「嘘《うそ》でしょう？」

自分の口から、険を含んだ台詞《せりふ》が飛び出す。

夕食どき、橋本《はしもと》菜摘《なつみ》はキッチンのテーブルを挟んで向かい合う夫の誠一郎《せいいちろう》をまじまじと見た。

誠一郎が味噌汁《みそしる》の椀《わん》を置き、「いや、だからさ」と気まずそうに口を開く。

「こないだ会社で受けた健診、引っかかっちゃって。なんか、肺に影があるんだってさ。肺ガンの可能性もあるから、精密検査を受けなきゃならないらしいんだ」

深刻そうに眉を寄せるのと、菜摘の顔色を窺《うかが》うのを同時にやろうとした中途半端な顔つきで、誠一郎が黙り込む。

その表情は、息子の俊《しゅん》がまだ幼い頃におねしょを見つかったり、点数の悪いテストの答案を差し出すときにそっくりだった。あの頃の俊はしょっちゅう菜摘に甘えてきて、とびきり可愛《かわい》かったと思う。大学生になった今は、母親にべったりだった過去などまるで存在しなかったかのように生意気になって菜摘をないがしろにするのが面白くないけれど。……いや、それよりも。

「どうするの？」

落ち着かない気分になり、つい神経質な声が出てしまう。

「あなたは血圧もコレステロールも高めだし、お義父《とう》さんだってガンで亡くなってるのよ？　健康には人一倍気を付けなきゃいけないっていつも言ってるのに、お酒も煙草《タバコ》もやめてくれないし、全然自己管理できてないじゃない。もし寝たきりになったり、入院しなきゃいけないような重病だったらどうするのよ？」

「どうするったって、まだ重大な病気だって決まったわけじゃないだろう」

誠一郎が半笑いを浮かべ、なだめるような口調になる。まるで他人事《ひとごと》みたいな態度にますます気持ちがささくれだった。若い頃は大らかで優しい人だと好ましく思えた言動の一つ一つが、今はだらしなく、頼りないものに感じられてしまう。

かつて「可愛い」とか、「その服、すごく似合ってるね」などとこちらが気恥ずかしくなるくらい褒めてくれた誠一郎は、今となっては菜摘が髪を切っても気が付きさえしない。もちろん、変わったのは夫だけではないけれど。

結婚指輪のはまった、年相応に脂肪がついた指を見やる。恋人同士だった遠い昔は、相手の不調をただ純粋に気遣えた。けれど今は心配すると同時に、俊の学費だとか生活費とか、そうした諸々《もろもろ》が頭にちらついてしまう。

結婚とは、つまるところ生活だ。

「呑気《のんき》すぎるのよ、あなたは」

苛立《いらだ》ちを含んだ言葉がため息とともに吐き出される。

「家長としての自覚がないの。だからそんな無責任な態度でいられるんだわ。俊はまだ学生だし、このマンションのローンだって残ってるのよ？」

「……おい、そんなに責めなくたっていいだろ。検査に引っかかって一番ショック受けてるのは、オレだぞ」

誠一郎が不満げな声で呟《つぶや》いた。互いに黙り込み、室内に気まずい空気が漂う。そのとき、ふいに電話の呼び出し音が鳴った。

気詰まりな沈黙が破られたことに幾分ほっとしながら――それでも不機嫌そうな表情は張り付けたまま――菜摘は立ち上がり、のたくったような筆文字で「子《ね》」と書かれたカレンダーの横で鳴り続ける電話へと手を伸ばした。

「はい、橋本です」とよそいきの声で応答すると、数秒の沈黙があり、女性の声が耳に飛びこんできた。

「菜摘ちゃん？」

囁《ささや》くように柔らかなその声を聞いた途端、鼓動が跳ね上がる。懐かしい女性の声が、耳元で続けた。

「——私。綾子《あやこ》です」

キッチンに漂う夕飯の匂いも、今しがたのささくれだった感情も、全てが一瞬にしてぐんと遠ざかった気がした。次の瞬間、自分の口から興奮気味の声が発せられる。

「綾子さん？　本当に？　わあ、懐かしい……！」

「ずいぶん久しぶりね、お元気？　ご家族はお変わりないかしら？」

ええ、ええ、と上ずった声で答えながら、少女のようにはしゃいでいる自分に苦笑する。そうだ、綾子たちと一緒に過ごしたあの日々、自分はまだ十代の少女だった。

綾子と自分の関係を説明するならば、高校時代の先輩後輩、ということになる。綾子は菜摘よりも一つ上で、同じ園芸部に所属していた。

園芸部というとなんとなく地味な印象を与えるかもしれないが、綾子と菜摘が所属していたその部は、校内でちょっとばかり注目される存在だった。

綾子自身が可憐《かれん》な容姿をしていて、成績優秀な目立つ生徒だったという要素ももちろんあるだろうが、花好きだった彼女が熱心に世話をした花壇は、園芸というものにさほど関心がないと思われる教師や生徒も自然に足を止めてしまうほど見事なものだったのだ。

綾子は中でもとりわけ薔薇を好んでおり、敷地の片隅にあった小さな温室で彼女が育てた薔薇は目を瞠《みは》る出来栄えだった。あまりにも綺麗《きれい》に咲くので、あそこの薔薇は実は地面に埋まった死体を肥やしにしているのではないか、などと悪趣味な冗談が飛び交っていたくらいだ。当の綾子は、「それを言うなら薔薇じゃなくて桜でしょう。もっとも、桜は薔薇科の植物だけれど」とすました顔で返していた。

朝、早めに登校して温室の扉をくぐると、室内いっぱいに甘い香りが漂っていたのを思い出す。地面に落ちた花びらを踏み、鮮やかな色彩の中を進めば、そこにいつも綾子がいる。

背中にこぼれた長い髪が、朝日を浴びてきらきらと輝いていた。水をやり、虫が付いていないか、病気にかかっていないかとチェックしたり、不要な枝葉や雑草を取り除いたり、そうした作業を無心に行う綾子の横顔を見るのが好きだった。菜摘に気が付き、振り返って笑いかけてくれる瞬間は胸が躍った。

手入れをしながら、綾子は菜摘に色々なことを教えてくれた。薔薇だけはさまざまな色を混ぜて植えても下品にならないこと、薔薇の香りは時間が経《た》つにつれて揮発してしまうため、朝が一番よく香ること。

美人で頭がいいのにそれを鼻にかける様子もなく、人懐っこさを感じさせるチャーミングな綾子は菜摘の憧れだった。それは、高校を卒業して三十年の月日が流れた今でも変わっていない。

当時の自分は、凡庸でつまらない人間であることに鬱々としていて、他人のあら探しをしては自尊心を慰めるような嫌な少女だったと思う。けれど園芸部に入部し、綾子に出会ったことで、十代の菜摘の中で何かが変わった。

人が羨む容姿や成績を持ちながら楽しそうに土をいじり、園芸に夢中な綾子を見ているうちに、これまで自分が抱《いだ》いていたものはひどく窮屈でちっぽけな価値観だったのではないか、というふうに思えてきた。

大袈裟《おおげさ》な言い方をするなら、自分が毎日、土を踏んで生活しているのだと実感できるようになったし、草木や天候を意識することで日常が広がりを持った気がする。雨が降れば「植物に降り注いでいるんだな」と感じるし、晴れれば日差しが伸びかけの新芽の成長を促してくれることを期待する。

花とは、イベントのときに店で買ってきて贈るもの、というイメージが強かったが、いざ自分の手で育ててみるとその認識はがらりと変わった。植物は生々しく生命そのものので、それらを育てるのは創造性を試される、実にやりがいのある作業だった。園芸部の仲間たちとハーブや、トマトやさつま芋といった季節の野菜を育てて皆で頂くのも楽しかった。あんなふうに心を砕いて他人と何かを育てる体験をしたのは、初めてだった。

時には温室内にある小さなテーブルを皆で囲み、お茶を飲みながらお喋《しゃべ》りをした。周囲を薔薇の甘い香りが満たし、綾子の柔らかな声が響くあの空間を、今でもはっきりと覚えている。

周りが憧れる上級生が「菜摘ちゃん」と親しげに話しかけてくれるのが誇らしかった。優しく微笑《ほほえ》みかけられるたび、甘やかな感情が胸を占めた。

あれは特別な時間だった。

卒業した後も、親しかった園芸部のメンバーで何度か集まり思い出話に花を咲かせたものだが、互いに忙しくなったこともあり、年を経て自然と疎遠になってしまっていた。そんな綾子からの、思いもかけない電話だ。

「菜摘ちゃん？」

怪訝《けげん》そうな綾子の声に、ハッと現実に立ち返る。夫がおかしな顔でこちらを見ている。慌てて口を開いた。

「ごめんなさい、ちょっとぼうっとしちゃって。綾子さんの声を聞いたら懐かしくて、つい学生の頃を思い出してました」

「菜摘ちゃんたら、相変わらずねえ。そういえば高校の頃も、私が作業してるのを飽きもせずに横でぼんやり眺めてたっけ」

おかしそうに呟かれ、微《かす》かに頰が上気する。きっと綾子の脳裏には、間の抜けた顔で自分を見つめる下級生の姿が思い浮かんでいることだろう。照れ隠しのように「急に電話をくれるなんて、どうしたんですか？」と尋ねると、電話の向こうでふっと微笑する気配があった。

どうかしたってわけじゃないんだけどね、と綾子が続ける。

「なんだか急に懐かしくなって、久しぶりに皆の顔が見たくなったの。ほら、五十路《いそじ》を目前にして旧交を温めるのも悪くないなあ、って」

後半は冗談まじりに口にする。それから間を置き、綾子は昔のままの屈託ない声で誘いかけた。

「――会いたいわ。ねえ、しばらくぶりに、あの頃のメンバーで同窓会をしましょうよ」

◇

店の前で立ち止まり、さりげなく自分の手首に顔を近付ける。以前、友人が海外土産に買ってきてくれたフレグランスが肌の上でほのかに香った。

普段は香水をつけることなど滅多にない。前にこれをつけたのは、俊の大学の入学式のときだったろうか。食事を邪魔しない程度のほのかな香りに抑えたつもりだけれど、つけ慣れていないのでなんとなく気になってしまう。洋服ダンスの奥から引っ張り出したツイードのジャケットを、落ち着かない気分で見下ろした。

指定された店は、駅から徒歩で十五分ほど離れた場所にあるイタリアンレストランだった。こぢんまりとした一軒家で洒落《しやれ》た外観のそこは、いわゆる隠れ家的な店なのだろう。こんな店に入るのも、ずいぶん久しぶりだ。もう一度身なりをチェックし、短く呼吸をととのえる。

リースのかかった木製扉を押し開けると、いらっしゃいませ、と上品そうな中年女性が迎えてくれた。ステンドグラスやクラシカルな調度品でられた、雰囲気のいい店だ。店の名前の「Under the rose」にちなんでいるのか、薔薇の花をモチーフにした装飾がいくつかあるのに気付いて、綾子さんらしいな、と微かに口元が緩む。

案内されたテーブルには、既に仲間たちの姿があった。「菜摘ちゃん、こっちこっち」と、ふくよかな女性が興奮気味に手招きをする。菜摘と一番親しかった、真奈美《まなみ》だ。夫の陽介《ようすけ》と二人の娘と暮らしている真奈美は、当時よりだいぶふっくらとしたものの、明るく大らかな性格は今も変わらないらしい。「やだもう、すっごい久しぶりねえ！」と両腕を広げてハグするような姿勢をとる真奈美に、「ちょっと大袈裟じゃない？」と言いながら、つられて笑みが浮かんだ。店に入る前までの緊張が一気に緩む。

「嬉《うれ》しいのはわかるけど、あんまり騒ぐとお店の迷惑になるよ」

真奈美の向かいに座る、眼鏡をかけた痩身《そうしん》の男性がやんわりと彼女をたしなめた。それから菜摘の方を向き、「久しぶり、元気そうだね」と穏やかに微笑む。孝彦《たかひこ》だ。感情のまま素直に行動し、時としてデリカシーに欠けるふるまいをしがちな真奈美をこうしてさりげなく注意するのは、いつも孝彦の役割だった。懐かしい。

「孝彦は変わらないわね。相変わらず、独身貴族？」

冗談めかして返すと、孝彦は苦笑して肩をすくめた。

孝彦は昔から物静かな性格の秀才で、現在は開業医をしている。皆がわいわい騒ぐのを常に一歩引いて見守っている印象の孝彦だが、園芸部の活動には熱心に参加し、雑用や力仕事を厭《いと》わずに黙々とやってくれていた。

孝彦の隣で「元気？」とシニカルな微笑を浮かべて軽く片手を振ったのは、紗江《さえ》だ。女優のように華やかな面立ちの彼女がそういう仕草をすると、さながらドラマのワンシーンみたいに見える。彼女自身もそれをよくわかっているのだろう。

紗江は気の強い美人で、当時から何かにつけて上級生の綾子に張り合っていた。綾子の方はといえば、生意気で手のかかる妹のような存在として紗江を可愛がっていたように思う。現在の紗江はバツイチで、子供はおらず、知人の経営するブティックで仕事をしているらしかった。紗江の視線が品定めするようにさりげなくこちらに向けられるのを感じ、たるんだ頬の肉が気になってきてしまう。この年になると久しぶりの再会で意識するのは異性よりも、むしろ同性の目だ。

「綾子さんはまだ来てないの？」と尋ねると、孝彦は小さく頷《うなず》いた。

「仕事が押してるらしいんだ。こっちに向かってるって少し前に連絡があったから、もうそろそろ着く頃だと思うけど」

「言い出した張本人が遅れるなんて、マナー違反だわ」

紗江が気だるげに髪をかき上げながら言う。「仕事なら仕方ないよ」となだめる口調の孝彦に、紗江はからかうような目を向けた。

「孝彦は本当、昔から綾子さんには甘いんだから。お姫さまの言いなりね」

「正論を言っただけだよ。紗江は相変わらず突っかかるなあ」

やれやれ、というように孝彦が呆《あき》れ顔でかわす。そのとき、店の扉が開く気配がした。全員の視線が扉の方に向けられる。

「遅れちゃって、ごめんなさい」

つやのある声と共に入ってきたのは、綾子だった。

綾子は微かに頬を上気させ、ワインカラーのショールを揺らしてこちらへと歩いてくる。品の良さと、どこか浮世離れした少女のような無邪気さを感じさせる眼差《まなざ》しにどきりとした。彼女が現れた途端、店内の空気が柔らかな色を帯びた気がした。

きゃあ、綾子さんお久しぶり、と真奈美が甲高い声を上げる。さっき孝彦にたしなめられたことはすっかり忘れているらしい。孝彦が苦笑いしながら「これで全員そろったね」と呟く。

「主役は最後にご登場ってわけ？　大物ぶるじゃない」

紗江の揶揄《やゆ》にきょとんとまばたきをし、それから綾子は、菜摘たちの顔をゆっくりと見回した。まるで高校時代の菜摘たちがそこにいるかのように、不思議そうに凝視する。一秒……二秒。その目が、ふっと懐かしげに細められた。

「嬉しい。すごく、会いたかったわ」

◇

運ばれてきた食前酒は、淡い桃色をしていた。

中に薄い花びらのようなものが浮かんでいるのに気付き、「薔薇のアペリティフ？　素敵」と真奈美がはしゃぐ。孝彦はグラスを軽く持ち上げた。

「じゃあ久しぶりの再会を祝して、乾杯」

真奈美が大げさに唇を尖《とが》らせる。

「普通ねえ。もっと、何か気の利いたこととか言えないの？　孝彦ったら本当に朴念仁なんだから」

「つまらない男で悪かったね」

飄々《ひょうひょう》と受け流してグラスに口をつける孝彦に、小さく吹き出してしまった。

「何よ、どうしたの？」と真奈美に訝《いぶか》しげに尋ねられ、含み笑いしながら答える。

「二人とも変わらないなあって思って。高校のときも、よくそんなやりとりしてたから」

菜摘の言葉に、二人は不本意そうに顔を見合わせた。

「……単に真奈美が成長してないってことなんじゃないかな」

「失礼ね。孝彦はそんなんだから、いつまでも独り身なのよ」

ふふっ、とおかしそうに綾子が口元を覆う。それから「ごめんなさい、なんだか懐かしくて」といたずらっぽく詫《わ》びてみせた。

綾子は、昔と変わらず魅力的な女性だった。いや、むしろ年齢を重ねたからこそ、そこに知性や女性らしい豊かさが加わったような気さえする。さすがに若い頃よりも全体的に丸みを帯びたたし、あごのラインはやや崩れているけれど、つややかな肌は内側から輝くようだ。いい年の取り方をしてきた人間の顔だ。

それに引き換え、自分はどうだろう。半ばやけのように食前酒をあおる。

「ここ、いいお店ですね」

菜摘が口にすると、綾子は「ありがとう」と微笑んだ。

「お友達が経営してるお店でね、オープンするときは浩《ひろし》さんも色々と相談に乗ってくれたの。うちで育てた薔薇を飾ってくれてるのよ。よかったら、ひいきにしてあげて」

綾子は園芸家として活躍しており、雑誌で紹介されたり、フラワーアレンジメントの教室を開くなど活《い》き活《い》きと仕事をしている様子だった。都心から離れた自宅の庭で、花を育てているらしい。小さいけれど温室も作ったの、といつか嬉しそうに話していた。

私生活では、経営コンサルタントの羽柴《はしば》浩という男性とかつて結婚していたこともあるが、十年前に離婚。子供はおらず、現在は元夫とも良好な関係を続けているそうだ。

本音を言えば、菜摘は浩のことが少々苦手だった。

浩は綾子に対して並々ならぬ愛情を抱いており、彼女の全てを管理したがった。自分の知らない高校時代の友人である菜摘たちのことも煙たがっていたようで、あからさまに嫌そうな素振りをされたこともある。何より、彼は綾子のことを愛していたけれど、綾子の愛するものを理解しようとはしなかった。

薔薇はぷんぷんと香水くさいし、観葉植物の緑と違って気ぜわしい感じがするから苦手だ、土ぼこりが入るのも嫌だ、と彼女の庭づくりにずいぶんと否定的だったようだ。植物を育てるのに最適な環境だからと彼女が選んだ土地も、不便だし携帯の電波が入りづらいから引っ越すべきだ、と頑《かたく》なに主張していたらしい。

浩は綾子を自分の望むように変えようとし続けたが、綾子はどこまでも自由だった。そして何より、彼女は薔薇を愛していた。

真奈美の夫である陽介は飲食店をいくつか経営しており、浩とは偶然にも仕事の関係で親しくしていた。陽介の評によれば、浩は元妻の仕事には理解を示せなくても、経営に関する能力には長《た》けているらしい。「真奈美ちゃんの前で元夫の悪口は言えないわね」

と綾子が茶目っ気たっぷりに呟いてみせたことがある。

近くのミニテーブルに置かれた陶製のポットに、あでやかな赤い薔薇が飾られていた。綾子がそこから一輪、自然な手つきで抜き取る。

ワイングラスを持つように茎を持って花をまっすぐに立たせ、ゆっくりと花弁に顔を近付けた。花と呼吸を合わせるように、すうっと静かに香りを嗅ぐ。それから、「いい香り」と満足そうに目を細めた。

その仕草に、薔薇は主に花弁の表面から香り立つのだと高校時代に綾子が話してくれたのを思い出す。甘い香りに包まれた温室で、楽しそうに薔薇の手入れをしていた綾子。男子生徒に好意を寄せられることも少なからずあったようだが、菜摘の知る限り、あの頃の綾子は恋愛よりも植物の世話の方に夢中だったようだ。

……たった一度だけ、綾子が凍り付くのを見たことがある。

当時、綾子に熱心にアプローチしていた男子がいた。爽やかな物腰で、育ちのよさそうな青年だったと記憶している。

彼は綾子の関心を引くべく、自分の家の庭に植えている薔薇を見にこないか、と彼女を誘った。その言葉に興味を惹《ひ》かれたのか、綾子は珍しく「園芸部の友人たちも一緒なら」と頷いた。

ガーデニングが趣味だという彼の母親が手がけたイングリッシュガーデン風の庭は、

なかなかのものだった。細めのアーチに這《は》わせたトレリス仕立てのつる薔薇や、鉢植えのオールドローズも美しかった。「素敵」と顔をほころばせる綾子に気をよくした彼は、「じゃあプレゼントするよ」と言うなり、手にした鋏《はさみ》で無造作に薔薇の枝を切り取った。あっ、という引き攣《つ》った声が誰のものだったのかはわからない。

緑色のがくに包まれたまだ硬そうなつぼみが切り落とされた瞬間、綾子の表情がショックを受けたように色を失うのを、菜摘は目にした。

あまり開いていない薔薇のつぼみは、切り取れば水を揚げることができずに花首から萎《しお》れて確実に死んでしまう。綾子にはきっと、その花の悲鳴が聞こえたに違いない。

――その後、綾子が彼からの誘いに応じることは、二度となかった。

薔薇の甘い香りを嗅ぐと、不思議といつも、花の手入れをしていたあの頃の綾子の面影が浮かぶ。いささか感傷的で気恥ずかしいけれど、綾子はまるで香りそのもののような人だと思った。香りはとらえどころがなく、言葉で説明しにくい。それでいて記憶や感情にもっとも印象強く結びつく感覚とされているらしい。

きらめいていた高校時代の思い出の象徴。自分にとって、綾子はそういう存在なのかもしれない。

互いの近況や、懐かしい思い出話を語りながら賑《にぎ》やかに食事が進む。話は尽きることなく、あっという間に時間は過ぎていった。

前に綾子さんが贈ってくれた自家製の薔薇のジャムやポプリが素敵だった、うちの娘たちったら、お母さんもちょっとは見習えば、なんて生意気なこと言うのよ。真奈美が冗談めかしてそんなことを喋っていたときだった。

「……ずるい」

ぽつりと紗江が呟いた。その暗い声のトーンに、全員が紗江の方を見る。

紗江はグラスを握ったまま、思いつめたような表情でうつむいている。そういえばさっきから口数が少なくなり、だいぶお酒も進んでいるようだ。心配して声をかけようとすると、紗江がおもむろに顔を上げて綾子を見た。

「綾子さんは、ずるいわよ」

言いながら、ねめつけるような眼差しを向ける。あっけに取られていると、紗江は自《や》棄《け》になった口調で続けた。

「知ってた？　あたし高校のとき、孝彦が好きだったの」

突然の告白にぎょっとする。真奈美がぽかんと口を開けた。当の孝彦も戸惑った様子で動きを止める。いきなり、何を言い出すのだろう？

「まあ、ほんの一時期だけどね。バカバカしいからすぐに思うのはやめたの。だって孝彦が綾子さんに憧れてるの、一目瞭然だったもの」

孝彦が何か言おうとするのを遮って、紗江は尚《なお》も言い募った。

「孝彦だけじゃないわ。あたしが気になってた周りの男たちは、綾子さんのことばかり意識してた。ここにいる皆だって感じてたはずよ」

菜摘は困惑しながら、まくしたてる紗江を見つめた。

「あたしが今日ここに来たのは、旧交を温めるためなんかじゃないわ」

挑むような目つきになり、紗江が正面から綾子を見据える。

「もう負けるのにうんざりしたからよ。昔からあたしの欲しいものは全部、綾子さんが持ってた。お互いこの年になって、苦労してるバツイチ同士で一緒だと思ったの。なんだ、昔はあんなに皆から憧れられてたくせに、今じゃあたしとなんにも変わらないじゃない。そう思って溜飲《りゅういん》を下げられると思ったのよ。なのに——どうして、そんなふうに変わらないままでいられるの」

紗江の目がふいにうるんだ。その目は綾子を通して、何か別のものを見ているようにも思えた。恨めしげに紗江が言う。

「ねえ、どうしてよ？　あたしとあなたの何がそんなに違うの？」

「紗江ったら、ちょっと飲み過ぎよ」

菜摘は慌ててたしなめた。なんとなく気まずい空気が場に漂いかける。と、綾子がほんの少し困ったように小首をかしげ、微笑んだ。

「……紗江ちゃんがどうしてそんなふうに思うのか、わからないけど」と呟き、なだめるような優しい口調で続ける。

「私は孝彦君とも、園芸部の誰とも、恋愛関係にあったことはないわ。それにあの頃も今も、私は自分の好きなことをしているだけで、誰かと比べて特別なものなんて何ひとつ持ってないのよ」

そう言い、「私ね」と綾子はあくまで穏やかな声で告げた。

「園芸部の仲間が、ここにいる皆が、いとおしくてとても大切だったの。皆と一緒に花を育てるのは本当に楽しくて、嬉しかったから。その気持ちは今も変わっていないわ」

ミニテーブルに置かれた赤い薔薇に視線を移し、囁くように言う。

「紗江ちゃんは、花に喩《たと》えるなら赤い薔薇みたいだって昔から思ってたの。そう、この花。夜想曲っていうのよ。香りが強くて気品があって、条件が整えば黒い蝶《ちょう》が舞うみたいにとびきり美しく咲くわ。ね、綺麗でしょう?」

再び紗江に目を向け、綾子はにっこりと笑った。

「私、赤い薔薇が大好き」

紗江は、言葉を失った様子でまじまじと綾子を見つめていた。ややあって、毒気を抜かれたように、ふっと苦笑いを浮かべる。

「もう、あなたって人は……昔から本当に変わらないんだから」

張り詰めていた空気が、たちどころに霧散した。内心、ほっと胸をなでおろす。

二人のやりとりを見守っていた孝彦が、呆れたような表情で「大体さ」と口を挟んだ。

「綾子さんのことは好きだし、尊敬もしてるけど、異性として付き合うとかそんなこと考えたこともないね。現実味が無さ過ぎて。うちのクリニックをかかりつけにしてくれるのはありがたいけど、この人、医者の言うことなんか全然聞いちゃくれないんだよ。薔薇のこととなると夢中になってすぐに寝食忘れるし、他のことなんかどうだってよくなるんだから。僕の手には負えないよ。前の旦那さんに少しだけ同情しちゃうね」

「失礼ねえ」とくすくす笑う綾子に、真奈美がおどけた仕草で自分のお腹《なか》をさすってみせる。

「ていうか、あたしからしたら紗江ちゃんも綾子さんも羨ましい限りよ。全く、そんな細くてシュッとしててさあ。あたしなんか旦那から結婚詐欺呼ばわり。二人も産んであげたんだから、もっと感謝してほしいわよね」

真奈美の明るい口調に、すっかり場の空気が和んだ。懐かしい話題で再び盛り上がりを見せる。

「あら?」と真奈美が何かに気付いたように紗江を見た。小さく鼻をひくつかせる。

「紗江ちゃんが香水つけてないなんて、珍しい」

お洒落な紗江は、昔から強めのフレグランスを好んで使っていた。菜摘の感覚からするといささかきつくも感じられたが、ダマスク・クラシックの優雅な香りは、まるで紗江自身が強い芳香を発する薔薇の花みたいに思えて彼女によく似合っていた。言われて意識してみると、確かに今日は香水をつけていないようだ。

真奈美の指摘に、紗江が軽く眉を寄せる。

「そうなの。最近、人工の匂いが妙に鼻につくようになっちゃって。香水もそうだけど、シャンプーとか、柔軟剤の匂いなんかも嗅いでるとすぐに気分が悪くなっちゃうのよね。ホルモンのバランスが崩れるせいっていうか、要するに更年期の症状らしくて、すごいショックよ。やだやだ」

心底嫌そうな顔をする紗江に、「ああ、わかる、わかるわー」と真奈美が大きく頷き返す。

「あたしもこの前、ちょっとはりきって庭仕事をしたの。そんな大した作業じゃないのよ、簡単な植え替えをしただけなの。そしたらひどい腱鞘炎《けんしょうえん》になっちゃって、手首が痛むの。重いものとか持てないし、瓶のふたを開けるのだって旦那に手伝ってもらわなきゃいけなくて、もう大変。それ以上に気持ちが滅入《めい》るわー。園芸部の頃は土だの鉢植えだの、あんなに運んでも全然平気だったのにねえ。あちこち不調が出てくる年なんだわね」

深々とため息をつく真奈美の言葉に、「本当にそう」と菜摘も力強く同意してしまった。誠一郎の顔を思い浮かべ、つい愚痴っぽい声が出る。

「聞いてよ、うちの夫ったら、こないだ健診で肺に影があるって言われて再検査を受けたの。いい年なのにお酒も煙草もやめようとしないし、適当でだらしなくてもう嫌になっちゃう」

あららー、と真奈美が芝居がかった声を発した。

「菜摘の旦那さん、確か老人福祉の仕事してるのよね？　ケアマネージャーだっけ？」

「そうよ、自分のケアもできなくて何が他人様《ひとさま》のケアよ」

次第に声が大きくなってくる。自分も心地よく酔いがまわっているのかもしれない。

「綾子さんは相変わらず優雅っていうか、老いや不調とは縁遠そう。やっぱりあれね、好きなことを仕事にしてる人っていつまでも若いのかしら」

羨ましげな真奈美の言葉に、「そんなことないわよ」と綾子がやんわりと微笑する。

「ザクロ酢がいいらしいわよ」「ああ、うちは酢ショウガと酢玉ねぎを作ってるんだけど」などとおのおの賑やかに喋っていると、孝彦が苦笑して口を開いた。

「色気がない話題だなあ。女の人は三十過ぎると健康オタクになるって、本当だね」

真奈美が不満そうに唇を尖らせる。

「色気がなくて悪かったわね。三十どころか、不惑もとっくに超えてるわよ。何よ、しれっとしちゃって。他人事みたいな顔してるけど、孝彦だって近いうちに絶対、禿《は》げてきたり下腹が出てくるんですからね」

「不惑っていうのは、物事の考え方に迷いがなくなることで、誘惑できるような色気がなくなるって意味じゃないよ」

そんな軽口の応酬を、綾子はくすくすと笑いながら眺めている。

懐かしい顔ぶれの会話には、乾いた明るさが漂っていた。ほどほどに抑制された軽やかなやりとり。

この年になると、もう十代の頃のような生々しい感情のぶつけ合いをすることも、互いの距離を大きく見誤ることもない。それぞれが違った生活を持ち、このひとときが終わればそこに帰っていくことを知っている。紗江のささいな八つ当たりでさえ、ある種のレクリエーションのようなものなのかもしれない。

それでも、共有する過去を懐かしむのは心弾む時間だった。席を立ちがたくて、ずるずるといつまでも長話をしてしまう。

綾子は薔薇を象《かたど》った砂糖を紅茶に入れて飲みながら、「この秋もいい花が咲いてくれたわ。もうすぐ、大苗の植え付けをするつもりなの」などと、育てている花について楽しそうに語っていた。久しぶりの再会に綾子も珍しく浮かれている様子で、話に夢中になるあまり、紅茶を飲み終えたのを忘れて何度か空のカップを口に運んだりしている。

帰り際にショールを席に置き忘れ、店員に手渡されて「いやだ、楽しくてはしゃぎ過ぎちゃった」とはにかむ綾子が微笑ましかった。彼女は変わらず、素敵な女性だ。

「すっかり遅くなっちゃったわね。長々と引き留めてしまって、ご家族が心配してるんじゃないかしら」

　申し訳なさそうに言う綾子に、菜摘は笑って、「全然。息子なんか、ゼミの集まりだのサークルだのってしょっちゅうほっつき歩いてて家に居やしないもの。母親が出かけてる方が気が楽、くらいに思ってるんじゃないかしら」とかぶりを振った。そうよお、とほろ酔いの真奈美も同意する。

「うちの旦那、綾子さんの大ファンだもの。綾子さんと食事するって言ったらすごく羨ましがってたから、帰ったら質問攻めにされるわ。きっと」

　名残を惜しむように喋りながらレストランを出ると、外の風が冷たかった。秋が深まり、最近は日が暮れるとめっきり冷え込む。コートを着てきてもよかったかもしれない、などと考えたとき、夜風に乗って、ぷんと鼻をつく嫌な臭いがした。

　見ると、店先のやや離れた歩道にホームレスと思《おぼ》しき中年男性が佇《たたず》んでいる。強い悪臭は、垢《あか》じみた彼の身体《からだ》から漂っているらしかった。排泄物《はいせつぶつ》を思わせるような臭いだ。

　せっかくの素敵な時間に水を差された気がして、思わず顔をしかめてしまう。嫌ねえ、というように同意を求めて振り返ると、後ろにいた綾子と目が合った。

　綾子は、菜摘の表情に困惑したように小さく微笑んだ。それから菜摘の顔を見つめ返し、控えめに首を傾けてみせる。その仕草に、自分の狭量な反応をたしなめられた気がした。言いようのない恥ずかしさを覚え、頬が微かに熱くなる。

綾子は何事もなかったかのように、「おやすみなさい、気を付けてね」と優しく微笑んだ。

「今夜は会えて嬉しかった。本当よ」

タクシーに乗り、綾子たちに別れを告げて帰路につく。窓の外で秋風が街路樹をざわめかせ、黄色い葉っぱが飛ばされていくのが見える。

酔いがさめてくるにつれて、徐々に気持ちがしぼんでいくのを感じた。華やかな時間が、遠ざかっていく。

帰宅したら、よそいきの服を引っ張り出すのにちらかしたままの部屋を片付けなくては。ああ、明日は燃やすゴミの日だった。特売セールに食材も買いに行かなきゃ。

暗い車窓に映る顔は脂っぽく化粧が浮いて、目の下にクマのようなものが目立った。いつになくアルコールを摂《と》ったせいか、顔がむくんでしまっている。

たるんだ中年の肉体に、生活感に満ちたくすんだ日常。美しい花を飾ることなど稀《まれ》で、だらしない夫と生意気な息子の世話をし、家事や雑用で一日が終わってしまう。

車の振動に揺られながら、気だるい疲労感に目を閉じた。記憶の中で甘い薔薇が香る。まぶしい、十代の季節。

あの頃と変わらず輝いている綾子が、眩《まばゆ》く思えた。

◇

同窓会から、三日後。

リビングを掃除していると、掃除機の音にまじって電話の呼び出し音が聞こえた。慌てて手を止めて電話に出ると、聞き覚えのある女性の声で「菜摘」と呼ばれる。先日嫌というほど話したばかりなので、すぐに相手が誰なのかわかった。真奈美だ。明るい声で応じる。

「真奈美？　この前は楽し……」

「大変なの」

言葉を遮られ、戸惑った。おっとりとした彼女がこんなふうに性急な声を出すのを聞いたことがなかった。

そこで初めて、電話の向こうで真奈美の吐く息が震えていることに気が付く。

「どうしたの？」とためらいながら尋ねると、真奈美のかすれた声がはっきりと嗚咽《おえつ》に変わった。なつみ、と低い声がもう一度、すがるように呟く。

次の瞬間、真奈美の口から信じられない言葉が発せられた。

「綾子さんが——綾子さんが、死んじゃった」

◇

軽やかなピアノ曲が、うわすべりするような調子で店内に流れている。

葬儀の帰り、立ち寄ったカフェでしばらく誰も口を利かなかった。

ほんの数日前に五人で集まったばかりだというのに、今ここに自分たち四人しかいないという事実がまだ信じられない。

——綾子は、自宅の庭の温室で倒れていたという。

温室の入口近くには空になったポリタンクが転がっていた。強い農薬を撒《ま》き、気温の高い温室内で気化したそれを吸い込んで死んだのだそうだ。

状況から見て自殺の可能性が高いらしい、と聞いたときは、頭が真っ白になった。園芸家である綾子の自宅には、元々、殺虫剤や殺菌剤といった複数の薬液が所有されていた。農薬を口にして死ぬことは激しい苦痛を伴うため、吸い込むという方法を取ったのだろうということだった。

綾子の遺体を発見したのは浩だった。その朝、彼はちょっとした用事で綾子に電話をしたという。綾子は電話に出なかった。

毎朝、庭に出て植物の手入れをするのは綾子の日課だった。きっといつものように庭仕事をしているのだろう、と彼は思ったそうだ。

綾子の自宅周辺は電波状況が悪く、携帯電話がつながりにくい。そのため、庭にいる綾子が着信を見て家の電話からかけ直すことはよくあったらしい。実際、変わり果てた綾子を発見した浩が警察に通報したのも、自分の携帯電話ではなく綾子の家の電話機からだったそうだ。

浩は、綾子に電話した直後に仕事関係の知人から携帯に電話がかかってきたため、そのまま一時間近く話し込んだという。しかし知人との通話を終え、昼近くになっても綾子から折り返しの電話が来ない。いつもならすぐにかけてくるはずなのに、と不審に思い、再度かけ直しても綾子は応答しなかった。

なんとなく不安になり綾子の家に向かったところ、温室で倒れている彼女を発見したのだそうだ。温室の扉を開け放ったとき、中には強い刺激臭が立ち込めていて、吐き気をもよおすほどだったという。

綾子の亡骸《なきがら》の周りには、彼女の育てていた薔薇の花びらが散っていたらしい。苦しさにもがいてぶつかったために花びらがちぎれたか、意識を失って倒れる拍子に枝に触れたのかもしれない。そんな光景を想像するだけで涙が出そうになった。

死亡推定時刻は、折しも浩が綾子に最初の電話をかけた前後だったという。

自分が電話するのがもっと早ければ、あるいは知人と長話などせずにまっすぐ彼女の家に向かっていたら、とうなだれる浩の様子は、傍目《はため》にも痛々しく感じられた。葬儀での彼は、何かがごっそりと抜け落ちてしまったかのように憔悴《しょうすい》しきって見えた。

綾子がはっきりとそう口にしたことはなかったが、夫婦だった頃、彼からの強い束縛を苦痛に感じていたらしいのは漠然と察していた。常に全てを把握したがり、菜摘たちとの親交についても嫌な顔をしてきた浩に対して良い印象を持っていなかった菜摘だが、それでも、彼の打ちひしがれている様子に深い同情を覚えた。

ふと、高校生の頃の綾子の姿がよみがえった。愛情に満ちた眼差しで真剣に花の手入れをする綾子——その細い指が、薔薇の柔らかな芽を食《は》む虫を固い葉で包み、ためらいひとつ見せずに地面の上で踏みつぶすのを見た。

大切にしている薔薇から害虫を取り除くとき、彼女はいつも表情を変えずに淡々とそれを行った。ほんの一瞬ぞっとしたのは、その動作が優しげな綾子の面立ちに不似合いだからではなく、想像してしまったからだ。

もし綾子から不要だと判断されたら、大切にしているものに害なす存在と見なされたら、自分もこのちっぽけな虫のように迷いなく切り捨てられるのかもしれない。そんなふうに思った。

……ある意味、浩は彼女の人生から取り除かれてしまったのかもしれない。

味のしない、とっくに冷めてしまったコーヒーを一口すする。頭のどこかが麻痺《まひ》したようで、どこか現実みがなかった。ただ、もうあのメンバーで集まることは二度とできないのだという深い喪失感が胸を占めた。

綾子はもう、いない。

これまで菜摘たちに横柄な態度をとっていたことなどすっかり忘れたように、あるいはそうすることが綾子へのわずかな罪滅ぼしになるとでもいうかのように、浩は気落ちした表情で彼女の置かれていた状況についてぽつぽつと話してくれた。

亡くなった後にわかったことだが、彼女は来年以降に予定していた仕事の依頼をほぼ全てキャンセルするつもりでいたらしい。

明るくふるまっていたけれど、綾子はもしかしたら離婚して孤独だったのかもしれない。一人で老いていく将来を思い、不安に苛《さいな》まれていたのかもしれない。そんな浩の話に、頭を鈍器で殴られたような気がした。

同窓会の別れ際、静かに微笑んだ綾子の姿を思い起こす。

(今夜は会えて嬉しかった。本当よ)

思えば、十数年ぶりに集まろうと菜摘たちを誘ってきたのも、何か思うところがあったからだろうか。

ううっ、とこもった嗚咽が聞こえた。目を赤くした紗江がハンカチで口元を押さえ、かすれた声で呟く。

「あたし――あたし、八つ当たりして綾子さんにひどいこと言っちゃった。だって、あれが最後になるなんて思ってもみなかったんだもの」

あの晩酔って、綾子に絡んだことを悔いているのだろう。

「紗江のせいじゃないさ。……思えば、僕たちは今の綾子さんのことをほとんど知らないんだ。クリニックで年に何度か顔を合わせてた僕だって私生活についてはまるで知らないし、綾子さんがあんなに大切にしていた庭や温室だって見たことすらない。彼女の孤独に気付いてあげられなかったのは悔しいし、本当に残念だけど、仕方のないことだったのかもしれない」

沈痛な面持ちでなだめる孝彦の言葉に、紗江は辛《つら》そうにかぶりを振った。

「でも、もっと何かしてあげられたはずだわ。あたしたち仲間だったのに。あんなに綾子さんによくしてもらったのに」

その下まぶたに、マスカラが影みたいににじんでいた。

真奈美が唇を噛《か》み、うなだれたまま口を開く。

「……綾子さんが亡くなったとき浩さんと長電話してた相手は、うちの旦那だったの」

ふいをつかれて見ると、真奈美は言いにくそうに話し出した。

この前の同窓会で使ったレストランがとてもいい店だったと女房が話していたよ、起《た》ち上げには君も携わったんだってね、といった陽介の言葉から話がはずんでしまったのだそうだ。

「あたしが旦那に余計なお喋りしなきゃよかった。そうしたら浩さんに電話なんかしなかったかもしれないし、綾子さんはもっと早く見つけてもらえたかもしれないのに」

後悔を深くにじませた表情で言う真奈美を、「そんなことない」と懸命に慰める。自然と皆が黙り込み、しんみりとした空気が漂った。

高校生の頃、温室でこんなふうにテーブルを囲んでよくお茶をした。いつも中心に座っていた綾子がこの場にいないことが、信じられない。先日のようにあの柔らかな笑みを浮かべ、遅れちゃってごめんなさい、と今にも綾子が扉から入って来るのではないかという気がした。

目じりに浮かんだ涙を拭い、しばらくしてから真奈美はさみしげに呟いた。

「……でも、ある意味、綾子さんらしい死に方だったのかもしれないわね。大好きな薔薇に囲まれて死ぬなんて」

口にした直後、不謹慎な発言をしてしまったというようにハッと口元を覆う。ばつの悪い顔をした真奈美を慰めるように、孝彦が静かに同意した。

「――そうだね。綾子さんは何よりも大切に薔薇を育ててたから。亡骸の側《そば》に花びらが落ちてたって、浩さんが言ってたっけ。綾子さんの世話した薔薇だもの。きっと雪みたいな花びらが散って、綺麗だったろうな」

遠くを見つめる眼差しで、孝彦は悲しげに呟いた。薔薇の花びらが散る地面に倒れていたという綾子。綾子さんらしい死に方、という真奈美の言葉を反芻《はんすう》する。

……そうかもしれない。いや、そう思うしかないのかもしれない。自分に言い聞かせながら、なぜか胸の片隅にちくりと小さな棘《とげ》が突き刺さっているような気がした。

帰宅すると、珍しく早く帰っていた誠一郎に玄関で出迎えられた。喪服姿の菜摘に、不器用な手つきでお清めの塩を振ってくれる。

気を遣ってか、誠一郎は夕食後もテレビ番組の内容など当たり障りのない話題を選んでしきりと話しかけてきた。

本音を言えば、今はそっとしておいて欲しかった。一人きりで静かに綾子の死を悼みたかった。しかし落ち込んでいる菜摘を彼なりに心配してくれているのがわかったので、とりとめのない雑談に、半ば上の空で返事をする。いやあ、今日は大変だったよ、と誠一郎は空々しい声で喋り続けた。

「担当してる一人暮らしのお婆《ばあ》さんが、鍋を焦がしてあやうくボヤを起こすところだったらしいんだ。少し認知症がかってるから、そういうことがたびたびあって危ないんだよ。一緒に暮らそうって家族が説得してるんだけど、本人は大丈夫だって全然話を聞いてくれなくてさあ。まいった、まいった」

そう、と短い相槌《あいづち》を打つ。

話題が近所の猫に変わったところで、ふと、何かが脳裏をかすめた。まとわりつく違和感。見過ごしてはいけない何かが自分の鼻先をかすめた気がして、妙に落ち着かなくなる。考え込み、その正体に気付いた瞬間、菜摘は息を呑《の》んだ。

とっさに誠一郎を振り返る。

「ねえ、あなた――」

◇

後日。綾子の葬儀の帰りに寄ったカフェに、再び菜摘は座っていた。

あの日と違うのは店内に流れる音楽と、それから、目の前にいるのが孝彦だけということだ。

空《す》いている店内で、近くの席に黒ずくめの若い男が一人で座っているのが視界に入った。鋭い目で睨《にら》むように窓の外に視線を向けている姿は、まるでこれから不穏な取引を行う相手でも待っているかのように見える。

……けれどたぶん、これから穏やかではない話をするのは自分たちの方だ。それも、とびきり物騒な話を。

「いきなり誘ってごめんなさい」

小さく詫びると、孝彦が怪訝そうに尋ねてきた。

「構わないけど、どうしたの？」

軽く唇を舐《な》め、あらかじめ考えてきた理由を口にする。

「この前、夫の肺に影が写って、再検査を受けたって話をしたでしょ。肺ガンとか、そういう深刻な病気じゃないかって思ったら不安になってきちゃって。詳しい人に話を聞いて欲しかったの。あつかましいお願いでごめんなさい」

孝彦の目が、ふっと気遣うような色を帯びた。

「いや、別に。……綾子さんがあんなことになったばかりだしね。身近な人が心配になる気持ち、わかるよ。旦那さんは煙草は吸うんだっけ？　再検査の結果は出たの？」

「ううん、そろそろ出るはずなんだけど」

さりげなく相談をもちかけながら、頭の中を整理する。

「人を相手にする仕事だから、やっぱり色々とストレスもあるのかなって思っちゃって。やっぱりよくないわよねえ、お酒も煙草も」

そこで言葉を切り、菜摘は再び口を開いた。

「この間も、担当してるお婆さんがボヤ騒ぎを起こしかけたんですって。認知症の気がある方で、鍋を焦がしちゃったそうなの。そういうことって、よくあるらしいわね」

そう口にした途端、孝彦の頰がほんの一瞬、こわばった。素早く視線を上げて菜摘を見る。

それで十分だった。その反応は、菜摘に自分の推測が当たっていたことを確信させた。

言い知れない悲しさと、息苦しさのようなものを感じながら、「孝彦」と問いかける。

「――あなたが、綾子さんを殺したのね？」

◇

張り詰めた沈黙が流れたのは、わずかな時間だった。

「……いきなり、何」

菜摘の言葉に、孝彦が困惑したように眉をひそめる。ずっと昔から知っている、温厚な顔。もし他人から同じことを告げられたら、菜摘はまるで信じなかっただろう。

孝彦が戸惑ったようにかぶりを振る。

「殺したって――綾子さんは、自殺したんだろう？」

「いいえ、綾子さんがあんなふうに死ぬはずない。ありえないのよ」

短く息を吸い、綾子の亡くなった状況を知らされたときから感じていた微かな違和感の正体を口にする。

「大量の農薬を撒いて死ぬなんて。そんなことをしたら、薔薇が駄目になってしまうかもしれないのに」

ハッとしたように孝彦が目を瞠る。開かないまま切り落とされた薔薇のつぼみを目にしたときの、青ざめた綾子の顔が思い出された。大切な庭を取り上げようとした夫と離婚してでも、綾子は自分の育てた花たちを守った。彼女は、薔薇を愛していた。

「あんなやり方で彼女が死ぬはず、絶対にないのよ」

口にしながら、確信が強まっていく。

「綾子さんが温室で薔薇の手入れをする頃を狙って、誰かが密《ひそ》かに農薬を撒いたんだわ。そして彼女を死なせたの」

「それを、僕がやったって言うのかい？」

眼鏡の奥で孝彦の目が不快そうに細められる。その視線にややたじろぎながらも、菜摘は言葉を続けた。

「葬儀の帰り、ここに寄ったときのことを覚えてる？　亡くなった綾子さんの側に薔薇の花びらが落ちてたって話を聞いて、孝彦はこう言ったの。きっと雪みたいな花びらが散って、綺麗だったろうなって」

「確かに、不謹慎な言葉だったたと思うよ。自分に責任があるって落ち込んでる真奈美を慰めようとして、つい。でも、だからって――」

「違うの」

孝彦を遮り、再び口を開く。

「どうして、雪みたいな花びらって言葉が出てきたの。数日前の同窓会でお店に飾られてた、綾子さんが育てたっていう薔薇は赤い色だったわ。大好きだと言って綾子さんが紗江を喩えたのも、赤い薔薇。とっさに出てくるイメージなら、白じゃなく、赤い薔薇の方が自然じゃない？」

菜摘は唇を噛みしめ、孝彦を見た。

「浩さんに聞いてみたの。倒れた綾子さんの側に散っていたのは、四季咲きのアイスバーグ。真っ白な薔薇の花びらだったそうよ。彼女の温室を見たことがないのに、どうしてそれがわかったの？　ただの偶然？」

緊張を覚えながら、孝彦に向かって言葉を発する。

「綾子さんが亡くなったとき、もしかしてあなたは、現場にいたんじゃないの……？」

「何を言い出すかと思ったら」

黙っていた孝彦が、呆れたように息を吐き出した。

「白い花びらを連想したのは、葬儀で綾子さんの亡骸にかけられた白い布や白い花を見た直後だったからとか、そんな単純な理由だと思うよ。もしかしたら、赤い色が血や死をイメージしてるみたいで無意識に忌避したのかもしれないな。それだけだよ。綾子さんの死がショックなのはわかるけど、そんなことで長年の友人を殺人者呼ばわりするのはひどいな」

冷静に反駁《はんばく》する孝彦を尚も見つめていると、彼はやれやれ、というように目を眇《すが》めた。

ふと思いついた様子で口を開く。

「――そうだ。僕が白い花びらだと思い込んだのは、紗江か真奈美がそう口にしたのを聞いたせいだったかもしれない。意図的に農薬を撒いた犯人がいたと仮定するなら、僕だけじゃなくて、同じ理由で紗江と真奈美をも疑うべきじゃないのか」

「……紗江と真奈美には、農薬を撒いて綾子さんを殺すなんて真似《まね》、できっこないの」

片眉を吊《つ》り上げる孝彦に、菜摘は痛ましいような思いで告げた。

「人工の香りを嗅ぐとすぐ気分が悪くなってしまう紗江に、温室で致死量に至る農薬を撒くなんて作業が可能かしら。腱鞘炎で瓶のふたを開けるのも手伝ってもらわなきゃならないと言っていた真奈美が、農薬の入ったポリタンクを持ち運びし、中身を散布することができる？」

「菜摘はどうしても僕を犯人にしたいみたいだね」

孝彦が皮肉っぽく微笑し、冷ややかな声で続ける。

「じゃあ、浩さんは？　かつて夫婦だったんだから、綾子さんを手にかける動機というなら、僕たちなんかより彼の方がよほどありそうだ。浩さんは結婚当時から綾子さんを独占したがってた。でも、綾子さんはあの通り自由な人だったからね。僕みたいな朴念仁にはよくわからないけど、彼女への未練だとか、愛しているからこそ憎しみが募るとか、長い付き合いの男女間にそういうどろどろした感情があってもおかしくないんじゃないかな。それに、綾子さんが亡くなった時間帯にたまたま彼が電話をかけてきたっていうのもちょっと引っかからないか？　まるで綾子さんが亡くなったとき、自分は離れた場所にいたって主張したいみたいだ。第一発見者が怪しいっていうのは、昔からよく言われることだろう」

「彼は犯人じゃないわ。忘れたの？」

菜摘は小さくかぶりを振った。

「綾子さんが亡くなったとされる時間の前後、浩さんは陽介さんと携帯電話で一時間近くも長話していたのよ？　もし浩さんが電波状態の悪い綾子さんの自宅付近に潜んでいたというなら、通話中にノイズが入ったり、途中で切れてしまうようなことがあってもおかしくないんじゃないかしら。でも、通話中にそういう不自然なトラブルがあったなんて、真奈美も何も言ってなかった」

孝彦は黙り込み、おもむろに肩をすくめた。

「綾子さんの亡くなった状況に納得がいかなくて、殺人じゃないかと疑いたくなる菜摘の気持ちはわかるよ。だけど、肝心なことを忘れていないか」

菜摘の疑念を、孝彦は一笑に付す。

「いくら綾子さんが花の世話に夢中だったとしても、普通に考えて、農薬を撒かれたりしたら刺激臭ですぐに気が付くはずだ。そうだろう？」

菜摘はゆっくりと息を吸い込んだ。一呼吸置き、口にする。

「……いいえ。綾子さんは気付かなかった。正確には、気付けなかったのよ」

そう口にした途端、すうっと孝彦が無表情になった。

先日の同窓会での、綾子のふるまいを思い返す。紅茶を飲み終えたことを忘れて何度も空のカップを口に運んだり、帰り際にショールを置き忘れて席を立った綾子。

彼女はとても頭がよかった。学校の勉強だけでなく、薔薇の品種やその特徴、肥料の配合といったことに至るまで驚くほど完璧に記憶し、いつも見事に花を咲かせていた。聡明で、記憶力のよかった綾子があんなふうにミスをするのは、らしくないなと感じた。旧友との再会に珍しく浮かれているのだろう、と。けれど。

「綾子さんは、若年性認知症を患っていたのね……？」

十八～六十四歳の人に見られるという、その病名を口にする。

綾子の物忘れも、皆で会いたいと急に連絡してきたのも、この先入っていた仕事の予定をキャンセルしたのも、全てそのせいだったのではないか。

「認知症の兆候に、『匂いがわからなくなる』という症状があるそうね。認知症のお婆さんが、お鍋を焦がしたのに気付かずボヤを出すところだったって話を夫から聞いたとき、もしかしたらって思ったの。温室内はきっと薔薇の香りで満ちていたはずよ。綾子さんが農薬の匂いに気付くのが遅れたとしても、おかしくない」

「――匂いがわからないって、だって僕らと会ったとき、綾子さんは店に飾られた薔薇の香りを楽しんでたじゃないか」

「ええ、確かにそうね」

孝彦の言葉に頷く。花に顔を近付けて「いい香り」と目を細めていた綾子の姿を思い出しながら、菜摘は続けた。

「でも『匂いがわからなくなる』症状は、不快な匂いに対してだけなの。たとえば物が焦げる匂いとか、排泄物とか。だから、患者さんが火事を起こしたりしないよう、より注意を払うことが必要になったりする。医者のあなたなら、それを知っていたんじゃない……？」

同窓会を終えて店を出たときの光景がよみがえる。ホームレスの男性が発する臭気に思わず顔をしかめてしまった菜摘に、困ったように小首をかしげてみせた綾子。

あのときは綾子がそうやって菜摘の反応をさりげなくたしなめたものと解釈したが、思い返すと、単純に、なぜ菜摘が顔をしかめたのかわからなかっただけかもしれない。

孝彦がこわばった表情でこちらを見ている。菜摘は、沈痛な思いで口にした。

「綾子さんは、隠してた」

心配をかけたくなかったのか、あるいは別の思いがあったのか、それはもう永遠にわからない。

「同窓会の席で、私たちが更年期や身体の不調のことを熱心に喋っていたときも、綾子さんは自分の体調については何も話さなかった。別れた夫の浩さんも、彼女が認知症だったという事実を知らない様子だったわ。綾子さんは、自身の病を近しい人たちにも話していなかったのよ」

綾子は離婚した孤独から自殺を選んだのではないか、と口にしていた浩を思い浮かべる。

少なくとも、綾子は自身の不調を知っていたはずだ。旧友に会っておきたいと願ったのも、仕事のキャンセルを決めたのも綾子自身だ。だとしたら、彼女がそれを相談した相手は誰か。

「綾子さんの病を利用して殺害することができた人間は、あなたしかいないの」

菜摘は息を吸い込んだ。

「かかりつけの医者だったあなたなら——いいえ、十代の頃からずっと彼女を見ていたあなたなら、真っ先に異変に気付いたはずだわ」

孝彦は答えない。泣き出しそうな思いに駆られながら、菜摘は尋ねた。

「どうして、綾子さんを殺したの?」

菜摘の問いに、孝彦は身動きもせず黙っている。店内に流れる明るいメロディがあまりにも不似合いに感じられた。

長い長い沈黙の後、やがて、孝彦が深く息を吐き出す。

「……耐え難かったんだ」

声を荒らげるでもなく、怯《おび》えるでもなく、孝彦はただ噛みしめるように呟いた。

「ずっと、ずっと見てきた。花をめでるみたいに、ただ側で見ていられるだけで幸せだったんだ。恨みとか憎しみなんてあるはずない。彼女は、僕の憧れの人だった」

混乱しながら、菜摘は孝彦を見た。

「じゃあ、どうして……？」

「だからこそ、耐えられなかった」

泣き笑いのような表情で孝彦が告げる。年齢を重ねたはずのその顔に、一瞬、十代の頃の孝彦が重なって見えた。綾子の隣で黙々と土を運び、開いた花を嬉しそうに眺める少年の顔が。

「綾子さんが綾子さんじゃなくなっていくなんて。いつか僕たちのことも全部、きれいに忘れてしまうなんて。そんなこと、あっていいはずがないだろう？」

あの人に、ずっとそのままでいて欲しかった。そう続けられた言葉を、菜摘は呆然《ぼうぜん》とする思いで耳にした。視界が、流れる音が、遠のいていく。

まさか――それこそが、彼の動機だったというのか。

孝彦が、微かに唇を震わせ、息を吸い込む。それから菜摘の顔をまっすぐ見つめ返し、かすれた低い声で呟いた。

「後悔は、してないよ」

ゆっくりと孝彦が席を立つ。テーブルの伝票を取り上げ立ち去る彼を、見送ることしかできなかった。孝彦が店を出ていってもまだ、菜摘はそこから動けなかった。

明るい壁に吊り下げられたドライフラワーにぼんやりと視線を向ける。Under the rose。「秘密」を意味する、あの店の名前がふと頭をよぎった。

菜摘の口にした全ては、状況証拠にすぎない。物的証拠は何もない。彼の犯した罪はいつか露呈するかもしれないし、しないかもしれない。わからない。

歪《いびつ》でひたむきな愛情。……記憶の中の綾子は、ずっと美しいままだ。

重い身体を引きずるようにして、ようやく店を出る。眩しい季節は彼方に過ぎ去り、地面には枯れ葉が落ちていた。雑踏をぼうっと歩いていると、バッグの中で携帯電話が鳴った。誠一郎だ。

「もしもし、菜摘?」という声がどこかはずんでいる。どうしたの、と尋ねると、即座に嬉しげな声が返ってきた。

「再検査の結果が出たんだけど、肺ガンじゃなかった。悪性の病気とか、そういう心配は今のところないってさ」

安堵《あんど》した様子で診断結果を報告してきた誠一郎が、電話の向こうでばつが悪そうに続ける。

「……あのさ、心配かけて悪かったよ。これからは自分でもなるべく健康管理とか気を付けるようにするからさ、あんまり怒るなよな」

胸をなでおろして電話を切りながら、もしこの人が病に倒れたら自分はどうするだろう、とふと思った。

怒りや悲しみや絶望に暮れながら、それでもきっと、自分が誠一郎を手にかけることはない。

綺麗な思い出の中には生きられない。自分は最期《さいご》の瞬間まで、うんざりするほど俗っぽい、しかし確かな現実を生きるだろう。

頭上の街路樹から、静かに落ち葉が降りつもってゆく。乾いた空気にまじって、ふいに、微かな甘い香りを嗅いだ気がした。

綾子が最後に嗅いだのがこんな薔薇の香りであればいいと思いながら、菜摘はまっすぐな足取りで我が家に向かって歩き出した。

第四話『悪いケーキ』冬

電車内の暖房が、熱風を吐き出し続けている。

まるで誰かに至近距離でひっきりなしに生暖かい息を吹きかけられているみたいだ。セーターの下の素肌が汗ばむ。

真冬とはいえ、空調を利かせ過ぎではないだろうか。省エネという概念はどこに行ったんだろう。……いや、たとえ電車内が肌寒かったとしても、きっと同じように不満を抱《いだ》いたに違いない。

さっきからずっと、自分が不機嫌な理由はわかっていた。

「そもそもの原因は、クリスマスケーキなんだよ」

座席にもたれて電車に揺られながら、斉藤紘一《さいとうこういち》はため息まじりに呟《つぶや》いた。向かいに座る友人、三島空知《みしまそらち》が呆《あき》れ顔で苦笑する。

「知ってる。聞いた。なんなら、もう百回くらい」

己について語れと言われたら気が引けるくらい、自分は平凡な大学生だと紘一は思う。そこそこに真面目で、容姿も並というところ。これといって目立った特徴はない。自分と似た若者など、全国に山といるだろう。

……そんな紘一には、一つだけ「変わってる」と言われることがあった。

それは、デコレーションケーキが大嫌いということだ。

甘いものは決して嫌いではないが、スポンジを生クリームや果物で飾ったそれだけは、どうしても苦手だった。

クリスマスの時期は最悪だ。どこの店でも、生クリームに苺《いちご》の載ったデコレーションケーキが我が物顔でショーケースを占め、見ているだけで気分が悪くなってきてしまう。日本人はなぜあんなに苺のデコレーションケーキが好きなのだろう。めでたいものを表す紅白とか、日の丸を連想するからだろうか。思い浮かべただけで、喉の奥がうえっとなった。

——数日前、初めてできた彼女とのクリスマスデートで、それが原因で気まずい雰囲気になりフラれてしまった。

そのとき紘一は激しく落ち込み、ふらりとアパートに訪ねてきた空知を相手にさんざん愚痴った。

「彼女がはりきって手作りしてくれたクリスマスケーキをさ、食べられなかったんだよ。オレ、ケーキ見た途端、よっぽど嫌な顔したみたい。それで彼女が不機嫌になって」

持ち込んだビールを飲みながらふんふんと話を聞いていた空知は、不思議そうに首をかしげた。

「そもそも、お前、なんでそんなにデコレーションケーキが苦手なんだ？」

同じ学部の友人である空知は、人好きのする性格で友人が多い。反面、気まぐれでやたら好奇心旺盛なところがあり、自他共に認める風変わりな男だ。

ひょろりとした背格好にくせっ毛で、大きな目は何か面白いことを見つけようとでもしているかのようにいつも落ち着きなく動いている。

屈託のない眼差《まなざ》しで尋ねられ、一瞬、たじろいだ。

「……これは親から聞いた話で、オレ自身はほとんど覚えてないんだけど」と前置きし、酔っていたせいもあって、紘一は半ば自棄《やけ》気味に語った。

六歳の頃、紘一は伯母に連れられ、二人で別荘を訪れたらしい。

紘一の家は祖父母の代から旅館を営んでおり、繁忙期はてんてこ舞いの両親に代わって、よく父の姉である琴美《ことみ》が紘一の面倒を見てくれたのだそうだ。

琴美はやや神経質で個人主義なところがあったそうだが、甥《おい》っ子が可愛《かわい》くてたまらない様子で、紘一もそんな琴美によくなついていたという。独身で一人暮らしをしていた琴美は翻訳の仕事をしており、祖父の所有する小さな別荘を気に入って、仕事場としてよく利用していた。そのため、これまでも紘一を別荘に連れてきて一緒に過ごすことがあったらしい。

——その出来事が起こったのは、クリスマスイヴだった。

幼い紘一は、一泊する予定で琴美と共に別荘を訪れた。クリスマスは毎年ここに来るという琴美と一緒にツリーを飾り、夕食とクリスマスケーキを食べて楽しく過ごした。

しかし翌日、いつもなら遅くともお昼までには帰ってくるはずの二人が戻らない。電話も一向につながらない。

不安に思った紘一の両親は、祖父の友人であり、別荘の管理を任せている橘《たちばな》夫妻に様子を見てきて欲しいと電話をした。別荘の近くに住んでいる橘夫妻はすぐさま二人のもとへと駆けつけた。

別荘を訪れた彼らが見たのは、二階の子供部屋でうずくまる紘一の姿だった。クリスマスの飾りつけがされたその部屋で、紘一は泣き疲れて一人きりで眠っていたという。

……琴美の姿は、どこにもなかった。

伯母さんはどうしたのか、と大人たちに尋ねられた紘一は、「知らない」としくしく泣くばかりだったらしい。

最初は事故や事件の可能性も案じられたが、室内に荒らされた形跡がなく琴美自身の財布と携帯電話だけが消えていたこと、仕事が終わってからそちらに向かおうか、という紘一の母親の提案を琴美が頑《かたく》なに拒んでいたことなどがわかるにつれて、琴美が自分の意思で姿を消したのではないか、という見方が強くなってきた。

「――いわゆる、駆け落ちだったんじゃないかって」

紘一はずいぶん後になってから知ったが、当時、琴美には交際していた男性がいたらしい。琴美は交際相手について誰にも話そうとはせず、後ろ暗い事情のある相手と付き合っているのではないか、などといった良くない噂《うわさ》が一部で囁《ささや》かれていたのだそうだ。

厳格な祖父はその噂を耳にして、人に言えないような相手とはすぐに別れるよう、琴美をきつく叱ったという。強引な手段を講じて琴美を実家に呼び戻し、私生活について厳しく目を光らせていたようだ。それが、琴美が失踪する一月ばかり前のことだ。

そんな背景があったことから、琴美は本人の意思で姿を消したのではないか、と思われた。

幼い紘一を連れて別荘で過ごすと言えば、周囲から疑われずに長い時間外出することができる。そうやって密《ひそ》かに恋人と示し合わせ、手に手を取って行方をくらましたのではないか、というのが周囲の結論だったようだ。

「なるほどねえ……つまり、お前がやたらケーキに拒否反応示すのって、子供の頃の出来事が心の傷になってるせいか。大好きだった伯母さんにクリスマスに置き去りにされたとか、そりゃ普通に考えてショックだよなー。トラウマってやつ？」

深刻な心理学用語のはずが、空知に飄々《ひょうひょう》とした口ぶりで言われると、まるで「虎馬」という動物の話でもしているような軽い感じに聞こえた。複雑な気分で、たぶん、と答える。

「オレ自身はその出来事も、伯母さんって人のこともほとんど記憶にないけど、親から聞いた話じゃ、それまでは普通に喜んでケーキ食べてたらしいから」

失恋のショックと酔った勢いでそんな話をしてしまったことにいささかばつの悪さを覚えていると、空知がぼそりと「面白そう」と呟くのが聞こえた。

空知が目を輝かせ、「なあ、その別荘って今もあるの？」と尋ねてくる。

「……あるよ。うちでは全然使ってないから、親戚なんかがたまに利用するくらいだけど。祖父《じい》ちゃんと長い付き合いの、不動産屋のご夫婦にずっと管理をお願いしてるみたい」

「――そこに、オレらで泊まれないかな？」

思いがけない言葉に、「は？」と怪訝《けげん》な声が出た。

「何言ってんの？」

尋ね返すと、空知は「何って、友達のトラウマを克服する手助けをしてやろうってんじゃん」としれっと答えた。

わざとらしいほどの笑顔になり、紘一の肩を抱いてくる。

「つまりさ、お前のケーキ嫌いの原因ははっきりしてるわけだろ？　楽しい思い出になるはずのクリスマスに伯母さんがいきなりいなくなって、一人ぼっちで泣いてたんだぜ。そりゃ子供にとっちゃ恐怖体験だよな。だからきっと無意識に自分を守ろうとして、可愛がってくれた伯母さんのことを忘れてたり、伯母さんがいなくなったクリスマスの日を連想させるデコレーションケーキに嫌悪を覚えるわけだ。だったら、上書きしちゃえばいいんじゃね？」

淀《よど》みない口調で言われて戸惑っていると、空知は尚《なお》も主張した。

「もうガキじゃないんだからさ。今ならそこに泊まったって、別に怖くもなんともないだろ？　別荘に行って、二人で酒でも飲みながらフツーに楽しく過ごして思い出を上書きしたら、なーんだ、大したことないじゃん、って吹っ切れるかもしんないじゃん。いつまでも過去の記憶に囚《とら》われてるとか不健全だし。案外、紘一のケーキ嫌いもあっさり治るかもよ？」

にやっと笑い、からかうように続ける。

「お前、これから新しい彼女ができたとして、クリスマスなんかのたびにケーキにケチつけて揉《も》めたいわけ？」

思わずムッとして黙り込んだ。初めは気乗りしなかったものの、しつこいくらい熱心に誘ってくる空知の言葉に、ほんの少し心が動くのを感じた。次第に「まあ、行ってみてもいいか」という気分になってくる。どうせ冬休みだし、他にこれといった予定があるわけでもない。……むしろ年の瀬に一人で居る方が、フラれた彼女のことなどを思い出して落ち込んでしまいそうだ。

「善は急げ」とはりきる空知に促され、翌日、紘一は管理人である橘夫妻に思いきって電話をかけてみた。

別荘を使う許可を得るついでに、できれば両親にはこのことを知らせないでほしい、と小声で付け加える。

幼い頃にそんなことがあった場所に突然行きたいと言い出したら、家族に余計な心配をかけてしまうかもしれない。それ以前に、ケーキ嫌いが原因で彼女にフラれた、などという情けないエピソードを知られるのはご免だった。

詮索《せんさく》されるかもしれないと身構えたものの、橘は電話の向こうでやや困惑したように沈黙した後、紘一の頼みを了承してくれた。ホッと肩の力を抜く。

別荘に向かう電車の中で、空知は「当時のことで何か覚えていることはないか」などとしきりに尋ねてきた。

「しかし紘一って、何気にボンボンだったのな。別荘とか、普通無いっつうの」

「別荘っていえば聞こえはいいけど、ただの一軒家だから期待するなよ？　亡くなった祖父さんがやり手だったってだけだよ。オレも親もどっちかっていうとのんびりした性分だしなあ、我ながら商才なさそう」

感心したように呟く空知に、冗談めかして返しながら、自然と祖父のことが思い出された。

祖父は孫の紘一を可愛がってくれたが、身内に対してとても厳しい人だった、という印象が強く残っている。祖母も両親も、従業員も、祖父に対してはいつも張りつめた緊張感を抱いていたように思う。……いなくなった伯母も、そんな窮屈さを感じていたのだろうか。

それにしても、さっきから空知はずいぶん熱心に過去のことを訊《き》いてくる。この友人は確かに変わり者だけれど、少なくとも、他人のデリケートな部分にずかずか踏み込むような無神経な真似《まね》をする男ではないはずだった。いつもの彼らしくないな、とほんの少し違和感を覚える。

「お前だって、苦手な食べ物の一つや二つあるだろ」と反発するように返すと、空知はあっさりと頷《うなず》いた。

「うん。オレ、実はさくらんぼがダメなんだよね」

そう言って、大袈裟《おおげさ》に鼻の頭にしわを寄せる。

「ガキの頃、農家の親戚から送られてきたさくらんぼがすっげえ美味《おい》しくてさ。世の中にはこんなうまいものがあるんだって感激して、調子に乗って丼いっぱい食ったの。そしたら腹壊して、一晩中眠れなくて本気で死ぬかと思った。それ以来、一切食べようとは思わない」

「……さすがに丼いっぱいは食べ過ぎだろ」

呆れる紘一にへらりと笑い、訊いてもいないのに空知は続けた。

「ちなみにうちの親父《おやじ》は大の牡蠣《かき》嫌いね。若い頃、古くなった牡蠣にあたって死にかけたんだとさ」

家族の話題にふと思いついて、紘一は尋ねた。

「そういや、お前は帰省しないの？」

「ん？ するよ」と空知がのほほんと答える。

「面倒だし、別にしなくてもいいんだけど、実家でミニチュアダックス飼ってるからさあ、犬触りたくてちょこちょこ帰っちまう」

へえ、とやや意外に思った。気まぐれでマイペースな印象のせいか、なんとなく彼は猫派なのではないかと思っていた。

可愛いんだぜ、と空知が嬉《うれ》しそうに言う。スマホを取り出し、頼んでもいないのに得意気にフォルダの写真を見せてきた。ミッキーマウスと思《おぼ》しき帽子を被《かぶ》せられた犬が、写真の中で愛嬌《あいきよう》たっぷりにこちらを見ている。ハッピーニューイヤー！ という文字スタンプが躍るそれを見て、コイツ自分の子供に着ぐるみ着せて年賀状の写真にしたりするタイプか、と少し引く。……いや、確かに犬は可愛いが。

「すげーなついてて、オレが出かけようとすると玄関まで追いかけてきて、足にしがみついてくんの。紘一はペットとか飼ってなかったのか？」

「子供の頃は犬を飼いたかったんだけど、うちは客商売だからダメって、昔から言われてて」

これも祖父の言いつけだった。「えー、マジかよ、犬はいいぞお！」と空知が声を張り上げると、少し離れた席に座った黒ずくめの若い男と視線が合った。じろりと鋭い目を向けられた気がして、煩《うるさ》かったのだろうか、と慌てて姿勢を正す。もうちょっと声を低くしろよ、と小声で言って空知をどついた。

盛大な惚気《のろけ》を聞かされながら愛犬の写真を見せられたり、共通のゼミの話などをしているうちに、電車は目的の駅に着いた。長いこと揺られていたせいで腰が痛い。暖房で暑かったためか、頭が少しぼうっとした。

電車を降りた途端、冷たい空気を全身に感じた。鼻の奥がきんとして、吐く息が白い。さみー、と空知が大仰に首をすくめる。

空を見上げると、ちらちらと雪が降ってきた。……どうりで寒いわけだ。

駅構内のあちこちに掲示されている観光客向けの案内は、シーズンオフのこの時期には妙にうら寂しく感じられた。人の姿もまばらな駅を出て、駅前の大通りに佇《たたず》む。橘夫妻が迎えに来てくれる約束の時間までまだ少しあるな、と思っていると、興味深そうに周囲を見回していた空知が「あそこに寄っていこうぜ」と通り向かいの建物を指差した。駅前の大型スーパーで食料品を調達していこう、と言いたいらしい。

店に入り、買い物カゴに商品を放り込んでいたとき、空知が急に「見ろよ」とテンションション高く紘一を手招きした。視線を向けると、片隅のワゴンにクリスマス用品が安売りされている。

赤や緑のカラフルな装飾品たちは、時期を過ぎてしまった今はやけに間が抜けて見えた。

「前にお前が来たのって、クリスマスイヴだったんだろ。せっかくだから、これ買っていって飾らねえ？」

「はあ？」

思わず眉をひそめて問い返したものの、ワゴンの中から子供のように飾りを選んでいる空知の様子に、半ば呆れてため息をついた。この物好きな友人は、どうせ言い出したら聞かないだろう。

「……クリスマス飾りなら、当時のが残ってるかも。処分されてないなら、別荘のどこかにしまってあると思うけど」

「マジで？　そりゃいいや」

紘一の言葉に、空知が屈託なく指を鳴らす。この男の考えることは、全くもってわからない。

空知はスーパーを出るなり、今度は数軒先にあるケーキ屋を見つけ、ケーキを買っていこう、と提案した。

さすがに嫌な顔をすると、空知はにかっと笑った。

「だーいじょうぶ。食べられなかったら、紘一の分もオレが食うし」と強引に紘一の腕をつかみ、さっさと歩き出してしまう。

おい待てよ、と言いかけた瞬間、ふと何かが頭の片隅をよぎった。

……ずっと前にも、こうして誰かに手を引かれ、この通りを歩いたことがあるような気がした。もしかしたらこれは、幼い自分の記憶だろうか……？

空知の勢いに押されてやむなくケーキを購入し、仏頂面で駅前のロータリーに戻ると、まもなくして橘の車が迎えにやってきた。

祖父の長年の友人であり、かつて部下でもあったという彼は、小柄で穏やかな物腰の男性だ。数年前に還暦を迎えたらしい橘は、子供だった紘一の記憶よりもひとまわり小さく見えた。もっとも、向こうは紘一に対して真逆の感想を抱いたらしく、驚いたような顔でこちらを凝視している。

「紘一君かい？　いや、大きくなったねえ」と、人のよさそうな細い目をさらに細めて微笑《ほほえ》んだ。

「久しぶりに紘一君が来るっていうんで、女房も会いたがってたんだけど、あいにく暮れで何かと忙《せわ》しなくてね。一緒に迎えに来られなくて残念がっていたよ」

「年末の忙しい時期に、急にすみません」

慌てて頭を下げる紘一に、いやいや、と橘は柔らかくかぶりを振った。

「ご両親にはここに来ることを秘密にしてほしいなんて言うから、てっきり、ガールフレンドが一緒なのかと思ったよ。学校のお友達かい？」と橘が冗談めかして尋ねてくる。

実はケーキ嫌いが原因で恋人にフラれ、克服するためにやって来ました……などという事情を説明するわけにもいかず、紘一は曖昧に笑った。隣で、空知が如才なく挨拶をする。

橘の白いセダンに乗り込んで出発すると、駅から離れるにつれて圧倒的に自然が多くなった。道沿いに木々が連なり、田畑らしき広い土地が一面、雪で覆われているのが窓から見える。夏に観光で訪れたら、きっと緑が目を楽しませてくれるのだろう。

道中、生来の人懐っこさで和やかに会話していた空知が、「ところで、紘一から聞いたんっスけど」といきなり過去の話題を持ち出した。

「紘一の伯母さん――琴美さん、でしたっけ。その人が、クリスマスイヴに紘一を別荘に置き去りにして消えたって聞きましたけど、それってどんな状況だったんですか？」

身も蓋もないストレートな物言いに、橘がさすがにぎょっとした表情で紘一を見る。事実、困惑した視線を向けられ、気にしてませんよ、というように苦笑いをしてみせた。

記憶にないのだから気にしようがない。

橘は遠慮がちに口を開いた。

「どんな、って言われても……琴美さんは紘一君を可愛がっているように見えたし、紘一君も彼女にとてもなついてた。そう、あの日もこうやって僕が二人を駅まで迎えに来たんだけど、傍目《はため》にも微笑ましいくらい仲が良さそうだったよ。まさか琴美さんがあんなふうにいなくなるなんて、誰も想像してなかった」

「それにしても、女性が一人姿を消すって、普通じゃない事態ですよね。事件にでも巻き込まれたんじゃないかって、ご家族はさぞ心配なさったんじゃないですか？」

空知の問いに、橘は真顔で頷いた。

「もちろん、すぐ警察にも届けたよ。ご覧の通り、この辺は家同士も離れてるし、夏場の観光シーズン以外は人も少ないから、空き巣被害に遭ったなんて物騒な話も聞くしね。でも部屋に荒らされたような痕跡は一切なかったし、別荘内から金品が持ち出された形跡も無かったんだ。家の中もあちこち調べてたみたいだけど、不審な足跡とか、怪しい人物が侵入したような痕跡は、結局見つからなかったらしいよ」

言葉を選ぶように喋《しゃべ》りながら、橘がちらりと紘一を見やる。紘一の前でこの話を続けていいものかと戸惑っているらしい。気遣わしげな橘の様子を意に介するでもなく、マイペースな友人は尚も熱心に尋ねた。

「置き手紙とか、そういう類のものは何も残されてなかったんですか？」

「なかったね。でも、二人がまだ家に戻らないって連絡を受けて僕と女房が別荘に駆けつけたとき、玄関のドアはまるで僕らが来るのを待っていたみたいに施錠されてなくて、テーブルの上に鍵がきちんと置いてあった。鍵を持って行ったら僕らが困ると思ったのかな。彼女は几帳面《きちょうめん》な人だったから」

空知が不思議そうに首を捻《ひね》る。

「琴美さんは今、どこにいるんでしょうね？　どうしていきなり姿を消したんでしょう？」

その問いに、橘は今度こそ困ったように眉をひそめた。

「さあ……嫁入り前の娘さんだったから、色々あったのかもしれないね」

駅から車で三十分ばかり走ると、雪を被った木々の間から、別荘の青い屋根が見えてきた。こぢんまりとした二階建ての家屋だ。

隣はだだっ広い空き地になっており、数本のモミの木が植えられていた。ほとんどが虫か病気にでもやられたのか変色して小さかったが、中には青々と枝葉を広げてひときわ大きく育っているものもある。絵本に出てくるクリスマスツリーみたいだ、と思った。

クリスマス飾りのことを思い出して橘に訊いてみると、確か二階の子供部屋のクローゼットにしまったままのはずだ、と教えてくれた。

「何か不自由なことがあったら、遠慮せずに声をかけてくれていいからね。ここは喧騒《けんそう》を離れてたまに過ごすにはうってつけだけど、なにぶん不便な場所だから。昔、琴美さんが紘一君を連れてここに来るときも、琴美さんに頼まれて食料品を買い込んであげたりしたっけ」

やや感傷まじりにそう言い、二人を送り届けると橘の車は去っていった。

庭に置かれた飛び石を踏んで、玄関に向かう。緊張しながらドアを開けるとき、お邪魔します、と口にしそうになった。

玄関ホールはさほど広くはないが、吹き抜けで天井が高くなっている。幼い頃に来たきりのせいか、懐かしいという感覚はあまりなく、むしろ見知らぬ家に上がり込んだような落ち着かなさを覚えた。

キッチンや浴室など、二人で別荘の中を見て回る。部屋数は多くないけれど、一部屋一部屋が空間を広く使って設計されている印象だ。空知は「へー、中は結構広いんだな」「このソファ、なんかいい感じじゃね？」などといちいち感想を口にしながら物珍しそうに室内を観察していた。

階段を上がり、子供部屋として使用されていた二階の部屋に向かう。大きな出窓にシンプルなベッド、作り付けのクローゼットという、なんら特徴のない部屋だ。空知は、「鍵が掛かるのはこの部屋だけなんだな」などと呟きつつ、きょろきょろと室内を眺めている。

「まあ、ほとんど身内しか使わないからね」とおざなりに答え、紘一は窓の外に視線を向けた。ちらつく雪が、静かに空き地のモミの木を覆っていくのが見える。

ひと通り家の中の探索を終えると、空知が浮かれた様子でこちらを振り返った。満面の笑みで口にする。

「クリスマスの飾りつけをしようぜ」

……さっきスーパーで言っていたのは、冗談ではなかったらしい。

「クリスマスはもうとっくに終わっただろ。なんでそんなことしたいんだよ」

困惑して渋る紘一に、空知は尚も主張した。

「いいじゃん、紘一のトラウマ克服のためだって。なるべく当時と同じ状況を再現した方がいいだろ?」

よくわからない理屈に押し切られる形で、クローゼットの奥から埃《ほこり》を被ったイルミネーションやら、ツリーの飾りやらを引っ張り出す羽目になった。

鼻歌を口ずさみながら飾りつけに取りかかる空知はいつになく興奮して見え、何をそんなにはりきっているのだろう、と疑問に思う。年の瀬に男二人で酔狂なことをしているな、と我ながら呆れてしまうものの、熱心な空知につられてか、少しだけ楽しくなってきた。

モミの木を模したイミテーションツリーに電球やオーナメントを飾りながら、空知が

「クリスマスの飾りって、なんか変わってるの多いよな」と不思議そうに呟いた。その手には、杖《つえ》の形をしたキャンディやベル、ヒイラギのオーナメントといった定番の飾りが握られている。

　ふと思い出して、紘一は口にした。

「クリスマスの飾りには、一つ一つ、ちゃんと意味があるらしいよ」

　箱の中のいくつかの飾りを指差しながら、言葉を続ける。

「たとえばクリスマスリースは、丸いから始まりも終わりもない……つまり永遠を表してるんだって。リースによくリボンがついてるのは、お互いが愛情を持ち永遠に結ばれますように、って願いが込められてるって。あと、確か松ぼっくりは、マリアと婚約者ヨセフが逃げているときに二人を助けてくれたのがモミの木だったんだって。そのおかげでキリストが誕生したから、モミの実である松ぼっくりが飾られるんだってさ」

　そう呟くと、空知が意外そうに目を瞠《みは》った。

「そんなの、よく知ってるな」

「……昔、人から聞いたような気がして」と答えながら、遠い記憶が、ゆっくりと浮上してくるのを感じた。——そうだ。こんなふうにクリスマスの飾りつけをしながら、誰かが自分にそう教えてくれた気がする。あれはおそらく、この別荘から姿を消したという琴美だったのではないだろうか？

姿かたちはほとんど思い出せないのに、耳元でぼそぼそと囁く優しい声がよみがえった。綺麗《きれい》で、少し気難しいところがあって、子供心にどこかさみしげな人だと感じた気がする。

けれど紘一とここに来るときは、いつも嬉しそうに笑っていた――。

「どうかしたか?」と怪訝そうに尋ねられ、無意識にぼんやりしていた紘一は我に返った。なんでもない、と慌てて返事をする。

空知がにやにやしながら、からかうように言った。

「けど、そういう意味とか知ると、クリスマスってキリスト教的に意味のある祭りなんだなってあらためて思うよな。誰かさんの脳内では、恋人といちゃつく爛《ただ》れた日になってるみたいだけど」

うるさい、と返すと、空知はわざとらしく肩をすくめてみせた。一通り飾りつけを終えると気が済んだのか、「おー、いい感じじゃん。腹減ったからそろそろ夕メシの支度しようぜ」と笑う。

支度といっても、買ってきた惣菜《そうざい》を温めてテーブルに並べるくらいで大して手間はかからなかった。フライドチキンやシーザーサラダ、グラタンなど、空知が選んだ料理がいずれもクリスマスメニューを連想させるのは、きっと意図してのことだろう。

一階のリビングで夕食を取り、ソファにもたれて他愛《たわい》ない会話をしていたとき、食後のデザートと称して空知がケーキの箱を持ってきた。

生クリームに苺の載ったデコレーションケーキを切り分け、美味しそうに食べ始める。嫌な予感がして身構えていると、案の定、「一口食ってみろよ」と勧められた。いいって、と拒絶するも、フォークに突き刺したケーキの欠片《かけら》をぐいぐいと口元に差し出される。仕方なく、意を決して、口を開けた。

「どう？　うまい？」

「……すっぱい苺と生クリームの脂っぽい甘さが合わな過ぎて最悪」

胸がむかむかしてきて、しかめっ面になりながら答えると、「そっかー、やっぱダメか」と呑気《のんき》な反応が返ってきて殺意を覚えた。口の中に残る甘ったるさに、本気で気持ちが悪くなってくる。一瞬、洗面所で吐いてきたいという衝動に駆られたものの、どうにか堪《こら》えた。

安いワインを飲みながら陽気に『ジングルベル』を口ずさむ空知に、「だからクリスマスじゃないって」と突っ込みつつ、つられて紘一も杯を重ねてしまう。ほろ酔いで上機嫌になり、互いに知っているクリスマスソングを片っ端から歌ったりしているうちに、次第にまぶたが重くなってきた。無意識のうちに気を張っていたのか、あるいは移動の疲れが出たのかもしれない。

……いつのまにか、そのままソファでうたた寝してしまったらしい。紘一が目を覚ますと、もう夜中で、静まり返った室内に一人きりで居た。

ぼんやり視線をさ迷わせると、真っ暗な窓の外で音もなく雪が降っている。空知は、どこに行ったのだろう……？

眠ってしまった紘一をリビングに残して自分の部屋に寝に行ったのかとも思ったが、飾られたイルミネーションは賑《にぎ》やかに点滅し続けており、照明も点《つ》けられたままだ。テーブルの上には飲みかけのグラスがそのまま置かれ、料理が片付けられもせず残っている。

トイレかシャワーにでも行ったのだろうか、と思ったものの、それらしき物音はまるで聞こえてこなかった。しばらく待ってみても、一向に空知が戻ってくる気配はない。

「空知？」

不安になり、確かめるように名前を呼んだ。しかし返答はない。

紘一はソファから立ち上がり、トイレと浴室に向かった。声をかけて中を確認するも、彼の姿はどちらにもなかった。

静寂が重くのしかかってきて、胸がざわついた。空知はどこに消えたのだろう。なぜ、返事をしないのだろう。

急に、この世に一人きりで取り残されたような心許《こころもと》なさを感じた。

薄暗い廊下の向こうで足音のようなものが聞こえたのは、そのときだった。

「空知……？　そこにいるのか？」

緊張しながら呼びかけてみたが、返事がない。

暗がりの中、誰かが息を殺すように動く気配がした。心臓が重い音を打つ。

別荘の中にいる人物は、空知ではないのか。なぜ無言のままなのだろう？

ふいに、目まいのような感覚に襲われた。こんなことが前にもあった気がした——あの夜。あの、恐ろしい、夜に。

冷たい汗が背中を伝った。その場に立ちすくんでいると、突然、廊下の曲がり角に真っ黒な影が映った。ひっ、と反射的に声が漏れる。

曲がり角のすぐ向こうに、誰かが潜んでいる。——こちらにやって来る。

得体の知れない恐怖心が胸をせり上がり、とっさに階段を駆け上った。逃げなくては、と頭の中で何かが警鐘を鳴らす。怖いものが、危険なものがやってくる。

考えるより先に子供部屋へ逃げ込み、微《かす》かに震える手で内側から鍵を掛けた。昼間飾った赤い電飾が明滅してクリスマスムードを演出しているが、この状況では、まるでホラー映画だ。

さっきから聞こえる耳障りな音が、自分の乱れた呼吸の音だと気が付いた。怯《おび》えながら外の様子を窺《うかが》っていると、ぎし、ぎし、と階段のきしむ音がした。階段を上がってくる足音が、子供部屋の前で唐突に止まる。

次の瞬間、ドアが乱暴に叩《たた》かれた。拳をドアに叩きつける音と振動が響く。悲鳴を上げそうになったとき、紘一、とドアの向こうで聞き慣れた声がした。

ハッとして動きを止めると、ドア越しに再び呼びかけられた。

「開けて、オレだよ」

混乱しながら恐る恐るドアを開けると、そこに立っているのは、いつも通りの空知だった。なぜかその目に奇妙な色を浮かべ、黙って紘一を見つめている。

訳がわからず立ち尽くし、まじまじと彼の顔を凝視して、そこでようやく、空知がわざと隠れていたことに気が付いた。

戸惑いと同時に込み上げてきたのは、強い怒りだった。一体どういうつもりなのだろう？　悪ふざけにしても、タチが悪すぎる。

「ふざけんなよ」

感情に任せて怒鳴ると、意外にも殊勝な顔で「ごめん」と詫《わ》びられた。

空知が、ぽつりと呟く。

「……だけど、これでわかった」

不審な顔をする紘一に向かって、空知は静かに告げた。

「琴美さんは、お前を置いて出ていったんじゃない」

真顔のまま、空知が続ける。

「六歳のお前は、たぶん」とそこで言葉を切り、ためらうように視線をさ迷わせた後、口にした。

「——琴美さんが殺されるのを見たんだ」

◇

予想もしなかった空知の言葉に、固まった。

頭の中が真っ白になる。彼は、いきなり何を言い出すのだろう……？

「初めはさ、なんでそんなにデコレーションケーキを嫌がるんだろ、ってほんの好奇心で思っただけだったんだ。でも、紘一の話を聞いてるうちに、だんだん気になってきて」

空知が言おうとしていることがわからず眉をひそめると、彼はまるで子供に道理を説くような口調で話し出した。

「だって、おかしいと思わないか？　いなくなった琴美さんは几帳面な性格で、その上、お前のことをものすごく可愛がってたんだよな？　この辺りは空き巣が出て物騒だって話なのに、幼い子供を一人きりで置いていくのに玄関の鍵を開けっ放しで出ていくなんてさ。いくらなんでも、不用心だろ」

困惑する紘一に向かって、「それに」と続ける。

「電車の中でも話したけど、うちの犬、オレが出かけようとするといつも玄関まで追いかけてきて、足にまとわりついてくるんだよな。で、思ったんだけど、大好きな伯母さんが紘一を一人残して出ていこうとしたのなら、そのときお前はどうしたんだろう？　泣いて彼女に追いすがった？——そうじゃない」

空知はそこで言葉を切り、再び口を開いた。

「橘夫妻が別荘に駆けつけたとき、紘一は玄関で待っていたのでも、一階に居たのでもなく、二階の部屋に閉じこもっていたんだ。唯一鍵が掛かる、この子供部屋に」

空知の言葉に、冷たいものが背中を滑り落ちるのを感じた。それ以上聞いてはいけない、と頭の中で誰かが囁く。

と、唐突に空知が話題を変えた。

「……今日した、苦手な食べ物の話だけど。ガキの頃にひどい腹痛を起こして以来、オレはさくらんぼが食べられなくなった。うちの親父は食中毒を起こして大の牡蠣嫌いになった」

なぜ急にそんな話を始めるのだろう。怪訝な顔をする紘一に、空知は語った。

「知ってるか？　味覚ってさ、生物の本能に由来するんだって。苦みを感じる物質は毒性があるから吐き出す、酸っぱいものは腐っているから避ける。いわば生存のための本能なんだ。味覚の好悪は、記憶や経験によって形成されることが多いらしい。オレや親父の場合も、それを食べて体に異変を感じたことから危険なものと判断し、本能的に忌避するようになったわけだ。——それじゃあ、紘一はどうなんだろう？」

正面から視線を向けられ、戸惑う。空知は真顔で指摘した。

「自分じゃあんまり自覚ないかもしんないけど、お前のケーキ嫌いは相当なもんだぜ？買い物してるときも、ショーケースに並んだデコレーションケーキをまるで危険物でも見るような目で見てた。特別な日のデートに、しかも頑張って手作りしたケーキ見て恋人にあんな不快そうな顔されたら、そりゃオレだって嫌になっちまうかも」

後半はわざと軽い口ぶりで言い、空知が苦笑してみせる。思わず言葉に詰まり、うつむいた。

「……紘一がそこまで嫌悪するのは、ひょっとしたら身の危険を感じるようなことがあったんじゃないかって、そう思ったんだ。大好きな伯母さんと二人でツリーを飾りつけ、夕食やケーキを食べて楽しくクリスマスイヴを祝っていた夜、何かがあった。好きだったそれを二度と口にしたくないと思わせるような恐ろしい出来事が。だから紘一は、この部屋に逃げ込んだ」

肩に力が入った。凍りつく紘一に向かって、空知は尚も淡々と話し続ける。

「当時、琴美さんには誰にも言えない恋人がいた。自分も別荘に行く、という紘一の母親の申し出を頑なに拒否したことなんかから考えても、周囲の推測通り、おそらく琴美さんはここで誰かと会う約束をしていたんじゃないかな。その人物が訪れたとき紘一はもう眠っていたのか、琴美さんから二階に行くよう指示されたのかはわからない。だけど、その人物と琴美さんとの間に恐ろしい事態が起こってしまった。紘一はそれを目撃したんだ。だから」

――幸せな甘いケーキは、紘一にとって、悪い記憶となった。

「何、言ってるんだよ……？」

混乱しながら、空知の言葉に抵抗する。

「そんなの、知らない。それに、さっき車の中でも聞いたろ。怪しい人物が別荘に侵入したような痕跡は何もなかったって」

ああ、と空知はあっさりと頷いた。

「だったら……」

「逆だ、紘一」

反論しようとすると、空知は厳しい表情で告げた。

「外部から不審な第三者が侵入した痕跡は一切なかった。なら、犯人は身近にいる内部の人間だって可能性を、どうして考えちゃいけないんだ」

数秒遅れて空知の言葉の意味を悟り、目を瞠る。この家に出入りすることがごく自然な、自分たちの知っている男性。琴美が消えた日に別荘の近くにいて、その行為が物理的に可能だった人間。——まさか。

「まさか……橘さんが犯人だとでもいうつもりか？　あの人が、伯母さんに何かしたって？」

いきなり、なんて突拍子もないことを言い出すんだろう。無理に笑みを浮かべようとして、頬が引き攣《つ》った。弱々しくかぶりを振る。

「バカなこと言うなよ。そんなの、お前の妄想だろ」

「ああ。だけど、この妄想の証拠になるかもしれない唯一の事実があるんだ。——お前のケーキ嫌いだよ」

え、と反射的に訊き返すと、空知は静かに口を開いた。

「どうしてケーキなんだろう、って不思議に思ってた。クリスマスイヴに恐ろしい体験をしたとして、紘一はクリスマスを祝うこと自体には全く抵抗がないみたいだ。クリスマス料理にも、クリスマス用品やクリスマスソングにも特に拒否反応を示さなかった。なのに、どうしてケーキだけをそんなに嫌悪するのか、ずっと引っかかってた」

　空知が何を言おうとしているのかわからず立ち尽くしていると、彼は沈黙して紘一を見つめた。どこか痛ましげな表情を浮かべた後、おもむろに呟く。

「おそらく犯人は、ケーキに毒物を混入したんじゃないだろうか？　紘一は、琴美さんがそれを食べてもがき苦しみ、亡くなる現場を目撃してしまったんだよ。それがお前の、異様なケーキ嫌いの原因だ」

発せられた言葉に息を呑《の》んだ。

呆然《ぼうぜん》とする紘一の前で、空知は神妙な面持ちで言った。

「もしそうだとすれば、ケーキなんて生ものを彼女に渡せる状況や相手はおのずと限られるんだ。暖房の利いた電車に長時間揺られた上、駅から車で三十分はかかるこの別荘を訪れるのに、彼女が遠方でケーキを受け取ってここまで持ち運んできたとは考えにくい。なら、少なくとも、駅に着いた後に受け取ったと考えるのが自然じゃないか。……橘さんは当時、琴美さんに頼まれてよく食料品を調達してあげたと話していた。クリスマスを祝う琴美さんと紘一のために、ディナーの食材と一緒にクリスマスケーキを用意したとしても、誰も不自然には思わない」

空知の声が、ひどく遠くから聞こえてくる。

「ここに来る途中、車の窓から畑らしき土地が多く見えたよな？　この付近には農家が多いみたいだ。たとえば農作業に使う、人体に有害な劇薬を購入したりしても、特に不審に思われたりはしないんじゃないかな」

頭が、彼の言葉を理解するのを拒んだ。それ以上聞きたくないと思うのに、なぜか耳を塞ぐことができない。

「そうやってごく自然な形で凶器をこの家に持ち込んでしまえば、あとは簡単だ。夜になってからこっそり二人だけでイヴを祝おう、と琴美さんに囁けばいい。琴美さんが口にした毒入りのケーキは、紘一が食べたのとは別のものだったはずだ。たとえばリキュールやブランデーなんかを使ったケーキを用意すれば、琴美さんが幼い子供にアルコール入りのケーキを与えることは決してない。毒入りのケーキを口にするのは、確実に琴美さんだけだ」

紘一は息を詰めたまま、空知の言葉を聞いていた。足元の地面が崩れ落ちていくような、得体の知れない恐怖を覚える。

「紘一が発見されたとき、玄関の鍵が開いていたというのも、まるで外部の人間が誰でも自由に出入りできたって状況をアピールしてるみたいだと思ってさ。——逆に、内部の人間から目を逸《そ》らしたい、という犯人の無意識の心理を感じた気がしたんだ」

軽い目まいがした。混乱する思考の中、いくつもの可能性が思い浮かぶ。

この別荘を仕事場とし、しばしば訪れていたという琴美。橘は祖父の元部下で、彼が会社を辞めたとき、祖父が伝手《つて》で不動産会社の仕事を紹介したのだと聞いたことがあった。長い付き合いで、祖父が信頼して物件の管理を任せていた橘。

もし彼が琴美と惹《ひ》かれ合い、深い間柄になっていたとしたら……？

既婚者の橘が自分の娘と男女の関係にあることを知ったら、祖父は激怒したはずだ。

身内や従業員たちも神経を遣っていた、厳格な祖父。元部下で、長年の友人である橘の裏切りを知れば、祖父は決して彼を許さなかっただろう。ひょっとしたら職を失う事態にもなったかもしれない。

紘一の脳裏に、おぼろげに琴美の面影が浮かんだ。

日本人の自分たちにとって、一般的にクリスマスは宗教的な意味合いよりも、恋人など大切な人と過ごすイベント、という認識が強い。特別な日に、独身の彼女が毎年この別荘で過ごしていたのには、何らかの理由があったのだろうか。

永遠に結ばれることを願うクリスマスリースの意味を教えてくれた、柔らかな声。曖昧な記憶の中の彼女はどこかさみしげで、けれど、ここを訪れるときはいつも嬉しそうだった――。

二人の関係の進展を望んだ琴美と、全てを失うことを恐れて終わりにしようとした橘。そんな彼らの間で、悲劇が起きてしまったのだとしたら。

美しいケーキを口にし、倒れる女性のイメージがふいに頭をよぎった。ひくつく白い喉。かきむしる細い指。女性の長い髪が乱れ、表情が苦しげに歪《ゆが》められる。それを怯えながらドアの隙間から覗《のぞ》き見る、自分。

どくどくと鼓動が速くなった。今のは自分の妄想なのか。それとも、幼い自分が現実に見た光景なのか。

もし本当に、琴美が自分の意思で出ていったのではないとしたら、彼女はどこに消えたのだろう……？

「――あの木」

ぽつりと呟いた空知の言葉に、反射的に肩が跳ねる。

空知は、雪が降る窓の外に視線を向けた。ゆっくりと、一番端のモミの木を指差す。痩せて小さいモミの木々の中、一本だけ健康的に枝葉を広げる、その木を。

立ち尽くしたままの紘一の耳に、空知の声が神託のように響いた。

「――ひょっとしたら、あの木の下に、琴美さんは眠っているのかもしれないな」

ひゅっ、と息を吸い込んだ。暗い窓の向こうで揺れる枝葉を見つめ、口の中が干上がる。ガラス越しに、風の唸《うな》る音がした。

「いい加減にしろよ。そんなの――ただの、想像だ」

発した声は、自分でもわかるほどにかすれていた。

そうだ、こんなのはデタラメな作り話だ。変わり者の友人が、自分をおどかそうとして悪ふざけをしているだけ。懸命にそう自分に言い聞かせていると、空知は痛々しいものを見るような眼差しを紘一に向けた。

「ああ、そうだな。ただの想像だ」

そう言って空知がふっと笑う。それから冷静な声で、言葉を続けた。

「……今日、オレは種を蒔《ま》いた」

怪訝な顔で見つめる紘一に、空知は語った。

「あの日から一度もここを訪れることのなかったお前が、突然泊まりたいと連絡してきた。しかも、ここに来ることを両親にも、誰にも言わないでほしいという。ガールフレンドが一緒なのかと思ったよ、と探りを入れてきた彼に対し、お前は曖昧な返答をし、急に訪れた理由を明確に話さなかった。おまけに連れのオレは琴美さんの失踪について不自然なほどに関心を示し、当時の状況について根掘り葉掘り質問した」

思いがけないことを言われ、当惑する。別荘を訪れることを家族に話さなかったのは余計な心配をかけたくなかったからだし、久しぶりにここに来た理由について積極的に口にしなかったのも、単にケーキ嫌いが原因で恋人にフラれた、などという情けないエピソードに触れたくなかっただけに過ぎない。

空知の言動についても、紘一の目にはいつもの気まぐれとしか映らなかった。この物好きで風変わりな友人が突拍子もない行動をするのは、何も今日に限ったことではないからだ。

けれど、もし、橘が琴美を殺した犯人だったとしたらどうだろう……？

「彼は不安になったはずだ。大の男が二人でいきなりやって来て、現場となった別荘で当時のことをこそこそ嗅ぎ回っている。あのとき紘一に自分のしたことを目撃されていたのかもしれない。当時は幼かったから理解できなかったとしても、今になって何か思い出し、伯母の失踪に疑念を抱いたのかもしれない。もし彼が琴美さんを手にかけた犯人だとしたら、自分のした行為を暴かれるんじゃないかと恐怖して、きっと居ても立ってもいられないはずだ。オレたちの動向が気になって、じっとしてなんかいられない」

言いながら、空知は雪が激しくなってきた窓の外に目を向けた。

「――そして彼は、オレたちが誰にも告げずにここに来たことを知っている」

言葉の意味を察して息を呑むと、空知はいつもの飄々とした口ぶりに戻って告げた。

「言ったろ？　オレは種を蒔いただけだ。種の中身が空っぽなら、芽は出ない」

彼は様子を見に来るかもしれない。来ないかもしれない。

そのとき、風の音にまじって、玄関のチャイムの音が聞こえた。ハッと顔を見合わせる。

……こんな吹雪の夜に、誰かが来た。

緊張に思わず唾を呑む。ふいに、ドアの向こうに立つ橘の姿が思い浮かんだ。

想像の中で、紘一が見たことのない表情をしているであろうその男の手には、大事そうにケーキの箱が抱えられていた。

第五話『春を摑む』　春

触れた瞬間、何かが変わることがある。

たとえば鬼ごっこで相手の身体《からだ》に触ると鬼が代わったり、野球の試合でタッチされたらアウトになってしまうみたいに、物事が大きく変化することが。

だとすれば自分の世界が変わったのは、颯太《そうた》に手を摑《つか》まれたあの瞬間だったのだと——小沢風花《おざわふうか》はそう、断言できる。

◇

車窓の外を、萌《も》える緑が流れていく。

蛇行する山道を下る観光バスの中からは、風光明媚な景色が見えた。芽吹き始めた草花や木々が、春の野山を明るく彩っている。

しかし、さっきからずっと風花の視線は外の景色よりも、左手の腕時計に吸い寄せられたままだった。解散予定の午後四時まで、あと一時間くらい。

……もう少し、もう少しで、家に帰れる。

今日、一体何度心の中で呟《つぶや》いたかわからない言葉を、呪文みたいに繰り返す。

九歳の風花にとって、近場で日帰りとはいえ、一人でバスツアーに参加するのは大冒険だった。しかも、風花自身が望んだわけでは決してない。

……父の仕事の都合で東北の地方都市に引っ越してきたのが、去年のこと。

幼い頃から人見知りをする性格ではあったものの、転校先の学校になかなかなじめず、気が付けば内気な性格にすっかり拍車がかかってしまった。人が怖い、周りとうまく話せない。

そんな風花を心配した両親の目にたまたま留まったのが、地元の旅行会社が主催するバスツアーの広告だった。春休み、郊外の山にあるキャンプ場で自然体験を楽しめるという触れ込みに乗り気になった両親は、半ば強引に風花の参加を決めてしまった。嫌がる風花を、熱心な口調で諭した両親の言葉がよみがえる。

曰《いわ》く、ご近所の誰々の娘さんも大人しい性格で人付き合いが苦手だったけれど、このツアーに参加したのをきっかけにお友達がたくさんできたらしい。そもそも「人見知り」という表現は赤ちゃんに対して使うもので、九歳にもなって人見知りだなどというのはとても恥ずかしいことである――。

風花のすることにはたいてい甘い両親だが、この件に関しては、いくら駄々をこねても言うことを聞いてくれなかった。はりきる両親に送り出されてやむなく参加したものの、風花にとっては予想通り、散々な一日だった。

バスツアーには親子連れや、ハイキングが趣味らしい中年夫婦や大学生、風花と同じ小学校の子供なども多数参加していた。キャンプ場を元気に駆け回る同年代の子供たちや、咲き始めの桜を楽しむ賑《にぎ》やかな参加者らを横目に、風花はすっかり萎縮してしまい、彼らと積極的に交流することなどとても出来なかった。出来るだけ目立たないよう、ひたすらうつむいて時間が過ぎ去るのを待つばかりだ。

空は青く、春の息吹《いぶ》きを感じられる山の風景は美しかったけれど、見知らぬ人たちの中で過ごさなければならない時間は風花にとってただただ苦痛で、昼食の味さえもろくにわからなかった。……長くて辛《つら》かった一日も、あとちょっとの我慢で終わる。

帰りのバスの中でそんなことを思いながら、ため息をついた。

車内でひときわ大きい笑い声が上がり、肩に力が入る。緊張し続けていたせいか、少しお腹《なか》が痛かった。いっそ眠ってしまえればいいのに、周りの人の気配が、熱量が、否応《いやおう》なく風花の神経を過敏にさせた。同い年くらいの男子たちがふざけて騒いでいるらしく、前の座席がガタッと揺れて、反射的に身がこわばる。

他人と触れ合うのは苦手だ。特に同年代の子たちとのコミュニケーションは、思いがけない方向からいきなり身体の一部を叩《たた》かれるようなものに感じられて苦痛だった。

バスツアーが早く終わればいいとずっと思っていたのに、解散した後のことを考えて、再び気が重くなる。家に帰ったら、きっと両親に今日一日の出来事を訊《き》かれるだろう。

大人にとっての「いい子」というのは、どうやら勉強がよく出来る子という意味ではないらしいことに、風花は薄々気が付いていた。

大人が望む「いい子」というのは、はきはきしていて、たくさんの友達と仲良くできる子のことなのだ。だとしたら、誰からも話しかけられず、触られない透明人間になりたいなんて想像してしまう自分は、とても悪い子供なのだろう。

揺れるバスの中で下ばかり見ていたせいか、気分が悪くなってきた。自分の隣の席に誰も座っていないことに、密《ひそ》かに安堵《あんど》する。よく知らない誰かと並んで長時間移動しなければならなかったら、もっとずっと具合が悪くなっていたかもしれない。

ツアー中、若い男性スタッフが一人でいる風花を気にして何度か声を掛けてくれたけれど、話しかけられるたびに困った顔でうつむき、皆の輪に加わろうとしない風花の様子に、無理に誘うのを諦めたようだった。彼は今、前方の席で風花と同年代の男子たちと気さくに会話をしていた。夏休みにキャンプ場でクワガタやカブトムシが捕まえられる、という話題で男子が盛り上がっている。

唸るようなエンジン音と、寝ている乗客の鼾《いびき》が聞こえる。近くの座席から、誰かが食べているらしきバナナと煎餅《せんべい》の匂いがした。ぎゅっと目を瞑《つぶ》り、早くこの居心地の悪い空間から解放されることを願う。

そのとき、ふいにバスが乱暴に揺れた。あやうく前の座席の背もたれに額をぶつけそうになり、慌てて目を開ける。どうしたんだろう、と訝《いぶか》る暇もなく、曲がりくねった道路のセンターラインからバスの車体が大きく逸《そ》れた。車内で金切り声が上がる。

目の前にガードレールが迫った次の瞬間、体全部に、衝撃が走った。

◇

気が付いて最初に感じたのは、ぽつん、と何かが顔に落ちてきた冷たさだった。それから、腕や膝、脛《すね》の辺りにひりつくような痛みを覚える。

「いっ、痛い……」

考えるより先に哀れっぽい呻《うめ》き声が漏れ、目を開けた。顔の近くに尖《とが》った草が見え、固い地面におかしな格好で転がっているのに気が付く。混乱しながらぎこちなく上半身を起こし、自分の姿を見下ろした途端、ひゅっと喉がおかしな音を立てた。

上着の一部が派手に裂け、肘のところが黒っぽく汚れている。――血だ。出血自体はそれほどひどくはなさそうだが、腕を怪我《けが》していた。さっきから身体のあちこちが痛いのは、どうやら負傷したせいらしい。

今日のためにと母がわざわざ買ってくれたジーンズは、見るも無残に土にまみれていた。苦痛に顔をしかめながら恐る恐る裾をまくり上げると、膝が紫色に腫れていて、脛にも擦り傷などがいくつも出来ている。ふと喉の奥で、鉄臭いような味がした。違和感を覚えて鼻の下に触れると、ぬるりとした感触があり、鼻血が出ていることに気が付いた。ひっ、と思わず悲鳴を漏らす。

直後、さっきまでのことを思い出した。そうだ、帰り道で、乗っていたバスの車体が大きく揺れてガードレールに突っ込んだ――。

おそらく自分は、そのときの衝撃で気を失ってしまったのに違いない。この怪我は、事故に遭ったせいだったのだ。

慌てて周囲を見回し、次の瞬間、呆然《ぼうぜん》とした。

「え……？」

風花の視界に映るのは、傾斜した地面に鬱蒼《うっそう》と生える木々や叢《くさむら》だけだった。背の高い木立に遮られ、その向こうがまともに見えない。目の届くところには、道路も、人の姿も見当たらなかった。ここは山のどこなのだろう？　バスは、皆は、一体どこへ消えてしまった……？

動揺する風花の耳に、微《かす》かな音が聞こえた気がした。ずっと遠い場所から切れ切れに聞こえたその音は、人の声のようにも思えた。木々の枝葉で全く見えないけれど、音がしたのは、斜面の遥《はる》か上方のようだ。

嫌な予感に襲われ、身体が凍りつく。風花たちの乗ったバスはあのままガードレールを突き破り、道路脇の斜面に転落したものと思われた。バスが落下した衝撃で、割れた窓から車外に投げ出されてしまったのかもしれない。観光バスは外の景色が楽しめるように車窓が大きく作られていたし、シートベルトもしていなかった風花の小柄な身体は放り出され、ここまで滑り落ちたのだろう。

　どこかにぶつけたのか、頬もじんじんと熱を持って腫れてきている気がした。けれど、怪我をしていることよりも、一人きりでどこかわからない場所にいるのが怖かった。バスからどれくらい離れた場所に落ちてしまったんだろう？　それに、他の人たちは？

パニック状態に陥りそうになりながら、どうにか斜面をよじ登ろうとする。とにかく人のいる所に戻らなければ、と必死だった。

　しかし山の斜面は思ったよりも足場が悪く、登ろうとするとすぐに足元の土が崩れてしまう。おまけに事故のショックと痛みのせいか、驚くほど手足に力が入らなかった。そもそも、鬱蒼とした枝葉が頭上を覆い、どの方向を目指せばいいのかさえわからない。さっき微かに聞こえた気がした人の声らしきものも、木々のざわめきにかき消され、今は全く聞こえない。ひょっとしたら、空耳だったのかもしれない。

泣き出しそうになり見上げると、ぽつ、ぽつ、と水が落ちてきた。——雨だ。気が付いたとき顔に感じた冷たさは、降り出した雨粒だったのだ。

　少し前まで、青空だったのに。春先、しかも山の天気は変わりやすいから注意しなければいけないと大人たちから聞かされてはいたけれど、よりによってこんな状況で降ってくるなんて。

「ああ……」

自分が置かれた状況が染み込んできて、大変なことになってしまった、という実感に嗚咽《おえつ》が漏れた。恐怖心に堪え切れず、身体が細かく震え出す。誰か——誰か、助けて。パパ、ママ。

風花の願いを嘲笑うように、雨が激しくなった。その場にへたりこみ、うずくまって泣き声を上げていると、ふいに近くの藪《やぶ》が不自然に揺れた。驚いて、反射的に肩が跳ねる。鼓動が激しく脈打った。人の姿の見えないこんな場所で、まさか、熊などの恐ろしい野生動物が出てくるのでは——。

思わず悲鳴を上げかけた次の瞬間、藪の中から身を屈《かが》めるようにして誰かが姿を現した。

その人物を目にし、あっと声を上げそうになる。目の前に現れたのは、風花とそれほど背丈の変わらない男の子だった。同じように泥にまみれ、額や鼻の頭などにいくつも派手な擦り傷を負っている。

目鼻立ちのはっきりした少年の顔に、見覚えがあった。同じバスツアーに参加していた子だ。友達らしき数人の男子と参加しており、一番元気よく、キャンプ場を活発に走り回っていた子だった。

彼らは確か、バスで風花の前の席に座っていた。もしかしたら彼も車外に投げ出され、たまたま近くに落ちたのかもしれなかった。動けるところを見ると、幸い大怪我はしていないのだろう。

少年は、あ、いた、と驚いたような表情で、座り込んでいる風花を見下ろした。自分の顔に降りかかる雨の飛沫《しぶき》を邪魔そうに手で拭い、目を瞬《しばたた》かせた後、「なあ、大丈夫？」と話しかけてくる。

少年の問いかけに、すぐには言葉が出てこなかった。目を瞠《みは》ったまま固まっている風花に、少年が眉をひそめて、もう一度問いかけてくる。

「歩けないのか？」

大怪我をしたのかと心配されていることに気が付き、風花は慌ててぎこちなく口を開いた。

「たぶん、歩ける、けど……」

言いかけ、言葉が途切れる。この恐ろしい状況で大丈夫だなどとは、とても口にできなかった。気を抜くとまた泣いてしまいそうだ。一体、自分たちはどうなってしまうんだろう？

声が震えたのに気が付いたのか、少年は風花の心情を理解した、というように大きく頷《うなず》いてみせた。

「──大丈夫だ。絶対、助かるから」

きっぱりとそう口にすると、少年は迷いなく手を伸ばし、地面に座ったままの風花の手を摑んだ。柔らかく温い掌《てのひら》の感触に息を吞《の》む。

手を引かれ、少年の勢いにつられるように、戸惑いながらも立ち上がった。しっかりと風花の手を握り、少年が周囲を見回しながら歩き出す。雨の中で斜面を登るのは危険だと判断したらしく、足場のよいところを探して下るつもりのようだった。どうにか人の通る場所までたどりつければ、助けを求められるはずだ。

滑って転んだり、はぐれたりしないよう、手をつないで獣道のような道を進んだ。視界が悪く、懸命に歩いても、なかなか木々の迷路を抜け出せない。降りしきる冷たい雨が気力と体力を容赦なく奪っていった。

あっという間に下着までびしょ濡《ぬ》れになり、歩き続けているせいで息が上がる。前髪から絶え間なく雨のしずくが滴り落ちた。

地面には枯れ葉や大きな木の枝なども落ちており、ところどころに泥流が出来ていた。痛む身体や、叩きつける雨に怯《ひる》みながら、つないだ少年の手を支えに、ひたすら足を動かす。絶望的な状況で、彼の手のぬくもりが風花を勇気づけた。

歩きながら、ふと少年が風花の方を振り返って、「名前、なんていうの」とかすれた声で尋ねてきた。疲労と緊張で無言になっていた風花を気遣ったのか、あるいは純粋に疑問に思ったのかもしれない。

雨音にかき消されないよう、凍えてうまく喋《しゃべ》れない口を動かし、「……おざわ、ふうか」と答える。

少年は目を細めて小さく頷き、自分も名乗った。

「原《はら》颯太」

互いの名前より先に、その手の温かさを知るなんておかしな話だと思った。時折つまずいたり、よろめいたりする風花の手を、颯太は強く握り締めていた。移動しながら、自分の歩くスピードが明らかに落ちていることに風花は気が付いていた。雨に打たれたせいだけではない、冷たいものがぞくぞくと背中を滑り落ちていく。

――このままでは、二人とも遭難して命を落としてしまうかもしれない。足手まといな自分は、置いていかれるかもしれない。

想像すると、怖くてたまらなくなった。他人に対し、手を離さないでいて欲しい、などと願ったのは生まれて初めてだった。

そんな風花の胸の内を知ってか知らずか、颯太はしっかりと風花の手を摑んだまま、ひたすら雨の中を進んでいった。つないだ手の力強い感触が、挫《くじ》けそうになる風花を絶えず励まし続けた。颯太の体温と、絶対に助けてみせる、というまっすぐな意思が掌から伝わってくるような気がした。

子供の足で、道なき道をどれくらい歩き続けたのかもうわからなくなった頃、そう遠くない距離からサイレンのような音が聞こえてきた。ハッとして顔を上げると、暗い木立の向こうに、救急車か何かのランプと思《おぼ》しき赤い光が見える。——救助だ。すぐ近くに、道路がある。

目を瞠《みは》り、同時に顔を見合わせた。二人で、人の気配のする方へ向かって必死に進む。おーいっ、と颯太が歩きながら声を張り上げた。誰か来て、ここにいます、と大声で繰り返し呼びかける。颯太にならい、ためらっていた風花も思い切って「誰かあっ」と叫んだ。

木々の向こうがにわかに騒がしくなり、複数の話し声が近付いてくる。目の前に作業服姿の若い男たちが現れ、「おい、子供がいるぞ」「大丈夫か！」と切迫した声が飛び交うのを耳にした瞬間、風花の膝から、力が抜けた。

◇

救助された風花たちはすぐさま病院に運ばれ、治療を受けた。

風花は身体のあちこちを怪我していたし、颯太は肺炎を起こしかけて数日間入院しなければならなかったけれど、二人とも無事に家へ戻ることができた。

バス事故のことを知らされた両親は大変なショックを受けており、病院で再会したときは、本人以上に取り乱して涙ぐむ彼らを風花がなだめなければいけないほどだった。

助けられた後で知ったことだが、風花たちの巻き込まれたバス事故は複数の重軽傷者と一名の死亡者を出し、テレビや新聞でも大きく報じられていた。

報道によれば、事故が起こった原因は、バスの運転手が体の異変により運転中に意識を失ったためだという。事故の捜査に伴い、このバス会社では労働基準法で定められている以上の長時間勤務が常態化していた事実などが明らかにされ、世間から厳しく責任を追及されていた。誰にとっても痛ましく、不幸な事故だった。

そんな悲劇の中で、救いとなるニュースもあった。事故に遭いながらも、小学生の二人――風花たち――が自力で生還した出来事が、地元紙やローカルニュースで取り上げられたのだ。

特に、風花を連れて山を下りた颯太は「怪我をした女の子を助けた小さなヒーロー」などと騒がれ、ちょっとした美談として地元で話題になった。怖くなかったの、と大人たちに質問され、「だって、必死だったから。女の子を守ってあげなくちゃって思ったし」とはにかみながらも快活な口調で答える颯太の態度は、周りから好ましく受け止められたようだった。

事故後、両親と一緒に颯太の病室に見舞いに行くと、ベッドで上半身を起こしていた彼は風花を見て「あ」と驚き、それから、にかっと笑って尋ねた。

「大丈夫だった？」

次に会ったらお礼を言わなくては、と緊張しながらあれこれ考えてきた颪花だったが、その顔を見た途端、身構えていた気持ちがどこかへ消えた。

あのときの手のぬくもりが鮮明によみがえる。……そうだ、自分たちはずっと互いの手を握り、共に山を下りたのだ。

気が付くと、「うん」と自然に頷いていた。考えるより先に、颯太に向かって屈託なく笑い返す。そんな自分を両親がやや驚いたように見つめているのがわかった。颯太から投げかけられた問いに、出会ったときは口に出来なかった言葉を、力強く返す。

「――大丈夫」

事故の後に初めて、二人は互いが同じ小学校で同学年であることを知った。

転校してきてからこれまで一度も喋ったことは無かったけれど、山での出来事が二人を急速に親しくさせた。もしあのとき、颯太が現れて手を引いてくれなかったら、颪花は動けないままあそこで命を落としていたかもしれない。少なくとも、一人で無事に山を下りることは出来なかったはずだ。そう思うと、自分を助けてくれた颯太への感謝と好意が生まれた。

……皮肉なことに、あんな恐ろしい目に遭ったというのに、以前よりも他人との接触が怖くなくなったことに気が付いた。たぶん、自分を見つけて迷わず手を取り、安全な場所に導いてくれた颯太の存在が大きかったのだと思う。他人の体温を心強く感じたのは、あのときが初めてだった。

颯太のことを、まるでライナスの毛布みたいだ、と思った。有名なスヌーピーの漫画『ピーナッツ』に出てくる少年ライナスは、お気に入りの毛布を持っているときに安心感を得る。

颯太に触れ、彼のぬくもりを感じると、不思議と気持ちが満たされた。あの日の力強い掌の感触を思い出すたび、颯太が側《そば》に居てくれれば大丈夫だとそんなふうに思えた。

地元の同じ中学、高校に進んだ二人は周りから微笑《ほほえ》ましく見守られ、時には冗談めかして「ヒーローなんだから、風花のこと守ってあげなきゃダメじゃん」「相変わらず夫婦仲良いねえ、ご馳走《ちそう》さまー」などと友人らに冷やかされることもあった。そんなからかいの言葉を、風花はいつもくすぐったいような気分で聞いていた。

ねえ、手をつないで、と風花が口にすると、颯太は照れた顔をして呆《あき》れたように「またあ？」と返す。そう言いながら、必ず手を差し出してくれる颯太がいとおしかった。

◇

「小沢さーん、品出しお願いしていい？」

アルバイト先であるコンビニエンスストアの制服に着替えるとすぐ、レジの方から風花を呼ぶ声がした。

「はい！」と慌てて返事をしながら売り場に出ていくと、レジチェックをしていた真由美がこちらを向き、「来て早々ごめんね」と片手で拝む仕草をする。五十代前半の真由美は店長の妻で、風花が勤務する時間帯に店にいることが多い。

消費期限を確かめながら慣れた手つきで商品を並べ終えると、「さすが、手早い」と真由美が親し気に話しかけてきた。

「ほんと小沢さんがいてくれて助かるわー。大学生なんだから色々忙しいでしょうに、嫌がらずにシフト入ってくれるし」

いささか大袈裟《おおげさ》な口調で感謝され、風花は苦笑しながら返した。

「クラブとかサークルにも入ってませんし、単に予定が無くて暇なんです。ここでバイトするの、結構好きですし」

「それに彼氏も一緒だし？」

からかうように真由美が続け、にんまりと人の悪い笑みを浮かべてみせる。

「バイト先も同じなんて、あなたたち、ほんと仲良いわねえ」

「やだ、そんなんじゃないですよー」

軽い口調で否定しながら、微かに頰が熱くなった。と、ちょうど勤務を終えて帰るところだったバイト仲間の香《かおり》が「彼氏って？」と会話に加わってくる。真由美が気さくに説明した。

「知らなかった？　アルバイトの原君、小沢さんと付き合ってるのよ。なんと、小学生の頃からの仲だって」

「えーっ、それって何気にすごくないですかあ？　ていうか原君、ちょっと格好いいかもって思ってたのに付き合ってたんだー」

「それでねえ、馴《な》れ初《そ》めがまたドラマチックな話で」

なにやら風花そっちのけできゃっきゃと盛り上がっている。レジに客が来たので、いらっしゃいませえ、と必要以上に愛想よく声を発して風花は慌てて接客をした。

自分たちのことを話されるのは、照れくさいような、少しだけ落ち着かない気分になる。前に真由美に問われるまま颯太と親しくなった経緯について軽い気持ちで話したところ、予想以上の強い反応が返ってきて困惑した。以降、何かにつけて話のネタにされている感がある。確かにバス事故がきっかけで恋人同士になるというのは、あまり聞かない話かもしれない。……だけど、本当のことだ。

昔の記憶がよみがえって、微かな懐かしさを覚えた。

一緒にいるのがお互いにとってごく自然なこととなっていったのは、いつからだったろう？

——風花と颯太が東京の同じ大学に進学を決め、上京してそれぞれ一人暮らしを始めてから、間もなく一年が経《た》とうとしている。

親元を離れて見知らぬ都会で一人暮らしをするなんて、昔の臆病な自分なら、きっと想像すらしなかったはずだ。東京での暮らしは不慣れなことも多く、最初は戸惑うことばかりだったが、風花なりに新しい環境になじむ努力をしてきた。

そんな風花がアルバイト先に選んだのは、颯太が先に働き始めていたコンビニエンスストアだった。住んでいるアパートと大学の中間にあるため通いやすいし、知り合いが一緒なら心強い。それに同じ大学とはいえ、文学部の風花と経済学部の颯太はなかなか顔を合わせる機会が少ないため、颯太と居られる時間が増えるのは単純に嬉《うれ》しかった。

幸い働いているのは、ちょっと変わっているけれど気の良い人たちばかりだ。控え室には、バイト仲間の一人が正月に中国旅行に行ったとき土産に買ってきたという、派手な金色のブタの貯金箱が置いてある。皆で少しずつお金を貯《た》めて美味《おい》しいおやつを買い、休憩時間などに仲間とお喋りしながら楽しむのだ。

と、バックヤードからバイト仲間の岡部史郎《おかべしろう》が出てきた。「さみー」と大袈裟にぼやきながら歩いてくるところを見ると、冷蔵ケースの裏で飲料商品を補充していたようだ。

お疲れ、と声を掛ける風花に、岡部が笑って「うっす」と片手を上げる。岡部は颯太と同じ学部で、ここのアルバイトは元々、彼が颯太に紹介したらしかった。明るい性格の岡部は普段から周りと親し気に軽口を叩き合い、風花に対しても気さくに接してくれている。風花が気安く会話できる、数少ない異性の一人だ。

事務室の方に向かいながら、岡部が軽い調子で話しかけてくる。

「さっきコピー機のとこに書類の忘れ物あってさ、後で取りに行くってお客さんから連絡あったんで、来たらレジ下から渡してあげて」

隣を見ると、香は既に帰った後で、真由美は雑誌コーナーに移動して陳列作業をしていた。風花が「わかった」と頷くと、岡部はふと足を止め、思い出したように尋ねてきた。

「小沢さん、今週の金曜って暇？」

「え？」

怪訝に思って訊き返すと、岡部が愛嬌《あいきょう》のある目を細めて口を開く。

「大学の友達がバンドやっててさ、金曜に駅前のハコでライブがあるんだ。チケットのノルマとかあるらしくて、人集めてくれると助かるって頼まれたんだけど、よかったら一緒に行かない？　結構いい演奏、するっぽいよ」

突然の誘いに、一瞬戸惑った。口ごもった後、遠慮がちに言葉を発する。

「そういうの、よく知らないっていうか……あんまり得意じゃないかも。ごめんね」

「そっか、承知」

こちらが拍子抜けするほどあっさり頷き、岡部は再び歩き出した。事務室のドアに手を掛けながら、彼がふっと笑って呟く。

「小沢さん、冒険するの苦手そうだもんね」

そのままドアが閉まった。怪訝に思い、眉をひそめる。今のは、どういう意味だろう？

やりとりを心の中で反芻《はんすう》しかけたとき、客から「すみませーん、チケットの発行ってどうやるんですか？」と呼ばれ、急いで端末の方へと向かった。同時に自動ドアが開き、学生客のグループが入って来て店内が賑わい出す。夕方の混雑する時間帯だ。

慌ただしく業務をこなしているうちに、今しがたの会話は、頭から消え失《う》せていた。


その日のバイト帰り、借りた本を返したいから、と理由をつけて颯太の住むアパートに立ち寄った。彼の部屋でお茶を飲んで喋りながら、ふと、岡部とのやりとりを思い出して口にする。

「そういえば、金曜にライブがあるから行かないかって岡部君に誘われたんだけど、颯太も声掛けられた？」

「いや、オレは聞いてないけど」

即答され、え、と少し驚いた。岡部はもちろん、風花と颯太の関係を知っている。親しいはずの颯太を誘わず、風花だけに声を掛けたという事実に戸惑った。

「そうなんだ？　どうして、私だけ誘ってくれたのかな」

なんとなくばつが悪くなり、窺《うかが》うように口にしてみると、颯太は特に引っ掛かりを覚えた様子もなくさらりと答えた。

「オレは行けないの知ってるからじゃない？　今週はレポートやら試験の準備やらが重なって忙しいって、岡部にもさんざん愚痴ったし。アイツはオレより履修科目少ないし、ほとんど試験終わったみたいだから」

颯太の言葉に、あ、そうか、と納得する。

付き合いが良く、人好きのする岡部には男女問わず友人が多いようだった。きっと岡部にとっては、彼氏のいる女友達と出かけることに深い意味など無く、気軽に誘ってくれただけなのだろう。

風花は誰とでもすぐに仲良くなれるようなタイプでは決してないが、岡部とはよく喋る方だと思う。颯太と親しい友達に悪い印象を持たれたくないという気持ちもあり、「岡部君て、面白いよね」と日頃から彼に対して好意的に接することが多かった。

そんな自分の態度が岡部におかしな誤解をさせてしまったのでは、という懸念がちらりと頭をよぎったのだが、どうやら考え過ぎだったらしい。さっきの不安が自意識過剰に思えて、やや気恥ずかしくなった。と、時計を見て颯太が言う。

「遅くなるから、そろそろ帰った方がいいよ。駅まで送ってく」

「うん、ありがとう」

微かな名残惜しさを感じながら、立ち上がった。

「勉強、大変そうだね」と呟くと、颯太が困ったように苦笑した。

「あんまり時間作れなくてごめんな」

申し訳なさそうに言われ、ううん、と慌ててかぶりを振る。

颯太は目指している資格試験のために、二年からはダブルスクールをするつもりでいるらしかった。その準備などもあり、色々と忙しいようだ。一緒に過ごせる時間が減ってしまうのはさみしいけれど、努力している彼を応援してあげたかった。

並んで夜道を歩く途中、風花が黙って手を差し出すと、颯太は何も言わずにそっとその手を握ってくれた。澄んだ夜の空気の中、手をつないで歩く。外気は冷たいけれど、颯太の手のぬくもりが心地よかった。ふと、大学の講義で先生がしてくれた雑談を思い出して口を開いた。

「知ってる？　〈手当て〉って、怪我や病気をしたときに患部に手を当てて治療したことが語源だっていう説があるんだって。ほら、よくお母さんが子供に『痛いの痛いの飛んでけー』っておまじないを言いながらさすってあげると痛みが軽くなったりするでしょ？　あれもそういう行為なのかなって思うとちょっと面白いっていうか、なんかすごくない？」

楽し気に喋る風花に、「ただの俗説だろ。大袈裟だなあ」と颯太がゆったり笑う。えー、そうかなあ、と拗《す》ねた口調で言いながら、つないだ手にきゅっと力を込めた。そうするだけで、心の奥が柔らかく満たされていく。

触れられた手の温かさで、痛いのが痛くなくなる。

……そういうことが本当にあるのを、風花は確かに、知っていた。

◇

翌週、大学の授業を終えてアルバイトに行くと、モップで床を拭いている岡部と顔を合わせた。今日は彼とシフトが一緒だ。

お疲れ、といつものように挨拶する。作業をしながら、試験はどうだったか、などと他愛《たわい》のない会話を交わした。

やや気を遣って「ライブ、楽しかった？」と尋ねると、岡部は笑って頷いた。

「ああ、かなり盛り上がってたよ。結局打ち上げまで引っ張っていかれてすげー疲れたけど」

苦笑いしながら楽し気に話す岡部に、「へえ、そうなんだ」と風花も明るく返す。どうやら、風花が誘いを断ったことはまるで気にしていないらしい。やはり自分が意識し過ぎだったのだ、という肩透かしを食ったような気分と、安堵を覚える。

「でもマジでいいライブだったよ。演奏に多少の粗はあったけど、自分たちの好きなものをストレートに、全身で表現してるって感じがよかったな。オレ、結構そういう熱いの好きなんだよね。あ、これ、そのバンドが年明けライブやったときのやつ」

ポケットからスマホを取り出して一瞬見せてくれた画像には、「猪突猛進《ちょとつもうしん》」と書かれたTシャツを着た男がステージ上で熱狂的に歌っているらしい様子が映っていた。

と、ライブについて上機嫌に喋っていた岡部の口調が、ふいにあらたまった。

「……あのさ」

真顔になり、岡部がおもむろに口を開く。

「オレ、高校のときからボランティア活動やってた経験なんかもあって、結構、色んな人の話聞いてあげたりするんだよね」

なぜか神妙な面持ちで、岡部は続けた。

「そういう人たちの話を聞いてて感じたんだけど、なんていうか、その人を苦しめてるのって周りが原因とかじゃなくて、結局その人自身の思い込みだったりすることも多いんだなって気がするんだ。思い切って一歩踏み出せばどうにかなったり、なんだ、心配してたけど全然大したことないじゃん、っていい方向に向かうかもしれないのに、自分で自分の思い込みに凝り固まって動けなくなってるっていうか」

会話がどこに向かおうとしているのか理解できず、風花は商品棚を拭いていた手を止め、怪訝な思いで岡部を見た。岡部が珍しく躊躇《ちゅうちょ》するように一瞬視線を外した後、意を決した表情になり、「オレ」と続ける。

「――小沢さんもそうなんじゃないかなって、思うんだ」

予想外の発言に、「え?」と驚いて訊き返した。

「どういう意味?」

「いや、だってさ」

岡部が、風花の反応を窺うように言葉を重ねる。

「小沢さんは自分の気持ちに嘘《うそ》をついたり、周りに本心を隠したりしてないって言い切れる?」

あまりにも唐突な質問に、ふいをつかれて無言になった。急に何を言い出すのだろう?

きょとんとしている風花の沈黙をどう受け取ったのか、岡部はふっと口調を緩めた。

「いきなりこんなふうに言われたら驚くよな、ごめん。オレはただ、傷つくことを恐れて安全な場所に閉じこもることが本当に自分のためになるのかって、そう言いたかったんだ」

岡部の発言の意図が摑めず、当惑する。何かのノリか、風花をからかっているのかとも思ったけれど、岡部の顔はいたって真剣だった。「……ええと」と風花は困りながら正直に口にした。

「岡部君の言ってること、よくわからない、かも」

風花の反応に、岡部が物言いたげに見つめてきた。と、客が入ってきてレジに並ぶのが見え、いらっしゃいませ、と接客に戻る。その後は立て続けに客がやってきたりと忙《せわ》しなく勤務時間が過ぎ、岡部との妙な会話はそこで終わりになった。

その日の夜、風呂から上がると、携帯電話に着信があった。岡部からのメールだ。

バイト仲間同士で一応連絡先を交換してはいるけれど、岡部から風花にメールが来たことはこれまでほとんど無かった。何だろう？　訝りながら、受信したメールを開く。

『今日は勤務中に動揺させるようなことを言ってごめん　オレが君に伝えたかったのは、なんでもトライしてみることが大事だってことと、必要なのは一歩踏み出す勇気だってこと　おやすみ　また話そう』

送られた文章を読み、首をかしげた。もう一度読み返してみたけれど、やはり岡部が何を言いたいのかよくわからない。……まあいいや、と息を吐く。きっとそれほど深い意味など無いのかもしれない。バイトと試験勉強で疲れていたせいか、急速に眠気が襲ってきた。

少し考え、結局『おやすみなさい』とだけ短く返信して、ベッドに入った。

◇

次に岡部と顔を合わせたのは、翌週にバイトに入ったときだった。

先日のやりとりを思い出して少し身構えてしまった風花だが、当の岡部は拍子抜けするほどいつもと変わらない態度だった。店長と気さくに野球の話をし、鼻歌まじりに品出しをしている。同じ時間帯に入っている香とも、作業をしながら「マジで？」と何やら楽し気に盛り上がっていた。そんな彼の様子に、なんとなくホッとする。

退勤時間になると、岡部は風花たちにひらりと手を振って「お疲れ様」と店を出ていった。

大学の試験からすっかり解放されたこともあり、風花もどこか軽やかな気持ちで、その日はいつも以上にはりきって仕事をこなした。

やがて勤務時間が終わり、帰ろうとして駅の方へ歩き出すと、途中の歩道でふいに「小沢さん」と声を掛けられた。視線を向け、直後、驚いて足を止める。――そこに立っていたのは、岡部だった。彼はもう、とっくに帰ったはずなのに。

困惑しながら「どうしたの？」と尋ねると、岡部は爽やかな笑みを浮かべた。

「暗くて危ないから、家まで送ってあげようかと思って。ほら、最近この辺に痴漢が出るなんて物騒な話も聞くし」

ごく自然な口調で言われ、動揺する。まさか……風花が帰るのを、ここで待ち構えていたのだろうか？

さも当たり前のことをしているような岡部の態度と、状況の不自然さに、思わず固まってしまった。目の前の岡部は、あくまで人の好《よ》さそうな眼差《まなざ》しでこちらを見ている。感じの良い容姿に、快活な物腰でバイトの後輩からも慕われている岡部。なのに、どこかズレのようなものを感じた。言いようのない不安を覚え、風花は緊張しながら口を開いた。

「あの、こういうの、困るっていうか」

意を決し、岡部に向かって懸命に告げる。さほど親しい仲でもない女性を家まで送ると言って、悪びれずに道端で待ち伏せする男。自分が抱《いだ》いている違和感を、どう伝えればいいのだろう？

「私が誤解して変なふうに取ってたら、ごめんなさい。……でも、本当に困るの」

ひと息に言い、気まずい思いでうつむいた。岡部の顔を直視できず、身を硬くして黙っていると、やがて彼がぼそりと言った。

「わかった」

反射的に顔を上げると、目が合って岡部は小さく微笑んだ。今しがたの緊張した空気など無かったかのように、風花の肩をポンと叩き、すれ違いざま小声で呟く。

「——わかってるから」

その言葉を聞いた途端、なぜか首の後ろがぞくっとした。振り返ると、岡部は悠然とした足取りで通りの向こうに消えていくところだった。

もやもやした気持ちを抱えて帰宅したその晩、携帯が再び岡部からのメールを受信した。なんとなく嫌な予感を覚えながら、メールを開く。

『小沢さんは優しい性格だし大人しいから、きっと周りの気持ちとか考え過ぎるんだと思う　でも自分が思うほど他人は周りのことなんか気にしてない　そもそも、大事なのは自分がどうしたいかでしょ？』

『本心を抑圧し続けるとよくない方向に進んだり、耐えきれなくなって押し潰されちゃったりする　オレ、小沢さんにはそういうふうになってほしくないって思う』

『なんでも話して』

携帯を持った姿勢のまま、動けなくなった。しばらく画面を凝視し、混乱した頭で考える。岡部は一体、何が言いたいのだろう？

彼がこんなメールを自分に送ってくる理由が、本当に理解できなかった。困る、とっさっき、自分は勇気を出して彼に伝えたはずだった。なのに、どうして？

噛《か》み合わない会話が、妙に胸をざわつかせた。

どう反応すればいいのか迷い、返信しないでいると、翌日、また別のメールが届いた。

『自分の殻に閉じこもるのはよくないよ　もっと周りを信じて、一人で抱え込まずに相談して　そうすれば世界は君が思ってるよりずっと豊かなものになると思う』

言い方は丁寧なのに、どこか押しつけがましさを感じさせる文章。飛躍した論理。周りを、信じて……？

無意識に、ごくりと唾を呑みくだす。

きっと岡部にとって、相手が自分の希望に沿わない行動を取ることは「殻に閉じこもること」なのだろう。距離感のおかしい、不躾《ぶしつけ》にすら取れる文面に動揺した。

またメールの受信音がして、肩が跳ねる。

『不安なのはわかるけどオレを信じて　これは同情じゃないよ、愛情だよ』

軽く眩暈《めまい》がした。メールの意味が、まるで頭に入ってこない。

なぜ、自分は彼に「同情」されなくてはいけないのだろう？　相手のことを思いやっているような文章の裏に、自分より弱い存在を導いてあげているのだ、という歪《いびつ》さが滲《にじ》んで見える気がした。

……いっそ岡部に電話して、どうしてこんなことをするのか問いただそうかという考えが浮かんだが、怖くなって思い直した。

二日後、昼過ぎに、いつものようにバイト先へと向かった。今日は、岡部と颯太が午前中からシフトに入っているはずだ。

岡部と顔を合わせるのは少なからず気が重かったが、さすがに颯太が一緒のときにこの前のようなおかしな言動はしないだろう、という密かな期待があった。

出勤し、ややぎこちなく挨拶をすると、岡部からもいたって普段通りの返事が返ってきた。昼のピークを過ぎたとはいえ、客が途切れずにやってくる。レジに入りながら、隣の岡部を横目で窺ってみたけれど、彼は何ら変わりない様子で愛想よく接客をしていた。見ていると視線が合いそうになり、慌てて逸らす。

彼らが先に仕事を上がると、次第に客の入りも緩やかになってきた。まもなく風花も退勤時間になったため、帰り支度を始めた。バックヤードで着替えようとしたとき、ふと、ロッカーの扉に小さな紙が挟んであるのに気が付いた。

何だろう、と思い何気なく手に取ると、洒落《しやれ》たデザインのメッセージカードだ。一輪の薔薇《ばら》が印刷されたカードに、短いメッセージが書かれている。

『かんじんなことは、目に見えないんだよ』

ややクセのある手書きの文字を目にした瞬間、喉の奥が引き攣《つ》った。それはサン＝テグジュペリの小説、『星の王子さま』に出てくるあまりにも有名な言葉だった。……『星の王子さま』が好きで、フランス文学概論のレポートでこの作品を取り上げたと、雑談の中で岡部に話したことがあったのを思い出す。きっと、彼の仕業だ。

一方的に押し付けられるロマンティシズムに、自分の好きなものに泥はねをつけられたような嫌悪を覚えた。同時に、うっすらと身体の内側が寒くなる。理解不能な岡部の行動に、不安が募っていくのを感じた。

岡部はどうしてこんな真似《まね》をするのだろう？　社交性があり、付き合いの多そうな彼がわざわざ自分にちょっかいをかけてくる理由がわからなかった。

もしかしたら、自分のような地味で大人しい女にすげなくされたことが岡部のプライドを傷つけ、意固地にさせてしまったのだろうか？

……あれこれ悩んだ末、風花は、自分のシフトを調整してみることにした。適当な理由を付けて他のバイト仲間に頼み、岡部と同じ勤務時間帯に入らないようにシフトを組む。おそらく、これが最善の策だ。

自分が岡部に感じている違和感を、他人にうまく説明できる自信が無かった。それに、事を荒立てたくはない。

アルバイトを辞めることもちらりと考えたが、最近忙しそうな颯太と顔を合わせる機会がますます減ってしまうのは嫌だった。

風花がさりげなく避け続けていたら、きっと岡部も面倒だとすぐに飽きて、自分になど関心を向けなくなるだろうと思った。幸い、風花がシフトを変更した理由を岡部と結びつけて考える者はいないようだった。

岡部からはあれから何度か一方通行な内容のメールが来たけれど、あえて返信をしなかった。気分を害しているだろうか、自分の勤務中に岡部がバイト先にやってきたらどうしよう、などと考えて最初のうちこそ少々落ち着かなかったが、風花の懸念に反して、彼は一度も姿を見せなかった。

一週間ばかり過ぎた頃、暗くなってからアルバイトを終えて帰路につくと、アパートの前でふいに背後から声をかけられた。

「小沢さん」

聞き覚えのある声に、ぎくっとして振り返る。直後、思わず目を瞠った。——少し離れた路上に、岡部が一人で立っている。

暗がりで表情はよく見えないけれど、岡部はその場に佇《たたず》んだまま、じっと風花を見つめていた。ゆっくりと片手を上げ、そうするのがごく当然のことであるかのように、こちらに向かって歩いてくる。

闇の中で近付く彼を目にし、ざわっと肌が粟立《あわだ》つのを感じた。言い知れない恐怖が胸を駆け抜ける。

とっさに身を翻し、逃げるようにアパートの中に駆け込んだ。慌ててドアを閉め、微かに震える手で鍵とチェーンを掛ける。

鼓動が激しく脈打っていた。ドアに背をつけ、膝から力が抜けて、玄関でしゃがみ込んでしまう。今にもチャイムが鳴らされるのではないかという気がして、無意識に息を殺した。嘘——嘘。

なぜ、岡部がアパートの前にいるのだろう？　どうして住所を知っている？　それとも、まさか、バイト先で保管しているであろう個人情報を盗み見たのだろうか。それとも、まさか、バイト帰りの風花の後を尾《つ》けてきた……？

身体がこわばり、体温が急激に下がっていくのを感じる。

ストーカー。テレビや新聞の中でしか目にしたことの無い、現実感の無い言葉が思い浮かぶ。

自分が怯《おび》えていることを、そのときはっきりと自覚した。あれは本当に、自分の知っている岡部なのだろうか……？

……だいぶ時間が経ってから、意を決してドアスコープを覗《のぞ》いてみると、そこには誰もいなかった。

岡部のことを颯太に相談したのは、その翌日だった。

待ち合わせた駅前のカフェで、思い切って、岡部とのやりとりを颯太に打ち明ける。

話しながら、苦い思いが込み上げてきた。

……できることなら、面倒なことを持ち込んで、忙しそうな颯太の邪魔をしたくなかった。颯太に迷惑を掛けたくなかった。けれど、一人でどうしたらいいか本当にわからなかった。

近くの席で、大学生らしい女の子のグループが楽しそうに旅行の計画を立てている。軽やかな曲の流れる明るい店内で口にすると、自分の話している内容がひどく場違いで、何かの間違いみたいに思えた。

ロッカーに挟まっていたメッセージカードは持ち帰るのがためらわれてその場で捨ててしまったけれど、携帯電話に残っている岡部からのメールを見せると、颯太は怪訝そうに眉をひそめた。

「これ、岡部が？」

風花は黙って頷いた。昨夜、アパートの前で岡部に声を掛けられてすぐ、彼のアドレスを着信拒否に設定した。相手を刺激する懸念はあったが、これ以上、自分の領域に踏み込んでこられるのが怖かったのだ。

少しためらい、口を開く。

「……しばらく、アルバイトを休ませてもらおうかと思うの。そうした方がいいと思って」

少なくとも、平然として岡部と同じ職場で働くことなどできそうになかった。――それにしても、なぜ彼がこんなふうに自分に執着するのか、まるで身に覚えが無い。言葉が通じないことに対するもどかしさと、恐れがあった。

風花に携帯電話を返しながら、颯太は戸惑った様子で言った。

「……わかった。岡部がどういうつもりなのかは知らないけど、ちょっとオレからも話してみるよ。ちょうど今日、アイツとシフト一緒だし」

不安と安堵が入り混じったような気持ちになり、すがるように颯太を見つめた。風花の表情を見て、颯太がふっと小さく笑う。

「そんなに心配すんなって。大丈夫だよ」

その言葉に、うん、と風花もぎこちなく微笑み返した。心の中で反芻する。……大丈夫、恐ろしいことなんて何も起こらない。きっと大丈夫なはずだ。

颯太と別れてまっすぐ家に帰り、落ち着かない気分で過ごしていると、夜になってバイトが終わったらしい颯太から電話があった。慌てて電話に出た風花に、颯太はどことなく歯切れの悪い口調で「さっき、岡部と話してみたんだけど」と話し出した。

緊張して携帯を握り、次の言葉を待つ。

「――風花のこと、自分の意見とか主張するのが苦手そうに見えたから気になって、親切心のつもりでつい、お節介焼いたんだってさ。気を悪くしてたらごめん、って謝っておいてくれって」

「え？」

あっさりと告げられた言葉に、思わずあっけに取られた声が出た。親切心？　お節介……？

自分が感じている不穏なざわつきとはあまりにもかけ離れた罪の無い台詞《せりふ》に、とっさに言葉が出てこなかった。執拗《しつよう》にあんなメールを送ってきて、アパートの近くまでうろついて、岡部は何を言っているのだろう？

「でも、昨日、私のアパートの前に……」

「たまたま道で風花を見かけて声を掛けただけらしいよ。悪びれた様子も全然無かったし、たぶん、嘘じゃないんじゃないかな」

遠慮がちにそう言われ、再び言葉を失った。混乱している様子の風花を気遣うように、颯太が冗談めかして明るく続ける。

「ほら、岡部って変に熱い性格っていうか、何かしてあげなきゃって思ったら後先考えず突っ走っちゃうとこあるからさ。自分の言ったことで風花がそんなに不安を感じてるなんて思わなかったのかもしれない」

颯太の言葉に、困惑して口を噤《つぐ》んだ。

……確かに、客観的に見れば自分は岡部から暴言を吐かれたり、何か危害を加えられたりしたわけではない。善意のつもりで助言しただけ、道で偶然会っただけ、とそう説明されてしまえば、彼を糾弾する理由は見つからないのだ。むしろストーカー、などという強い言葉を使って相手を責めることは、下手をすれば自分へのリスクを生む行為なのかもしれない。

――けれど、これまでの岡部の言動を思い返してもやはり、単なる勘違いだなどとは思えなかった。まるで風花のことを一番理解しているのは自分だと確信しているような岡部の態度は、薄ら寒いものを感じさせた。焦《じ》れる思いで唇を噛む。

彼に感じる歪さや、違和感を、どう言えばわかってもらえるのだろう？

今やはっきりと、岡部に対する警戒心があった。アルバイト先で顔を合わせなくなったとしても、自分は家を知られている。

その事実は、一人暮らしの風花の気持ちを波立たせた。

「風花さ、ちょっと疲れてるんじゃないか？」

黙り込んだ風花を案じるように、電話の向こうで颯太が言う。

「上京してからずっと頑張ってたろ。大学の他に一人暮らしやアルバイトも始めたし、無理してないか気になってたんだ。なんだったら、今のバイトを辞めたっていいと思う。気持ちが落ち着いて、またやりたいと思ったら別のバイト探したっていいんだしさ」

「……うん、そうだね。少し考えてみる」

しょんぼりしながら応じると、声に力の無い風花のことを気にしたのか、電話の向こうで颯太が何か考え込むように沈黙した。ややあって、「──わかった」という呟きが発せられた。

「もし風花が気になることとか、不安に思うことがあったら、何でもいいからすぐオレに連絡して。なるべく早く、必ず返事するから。それなら、少しは安心だろ？」

颯太の言葉に、え、と思わず声が漏れた。

「でも……颯太だって忙しいでしょ？」

「大丈夫だって。風花が不安そうにしてたらオレも心配だし。こっちもなるべくまめに連絡するようにするからさ」

わざと軽い調子で颯太が言う。

「だから、遠慮しないで相談しろよ」

胸の奥を優しく撫《な》でられたみたいに、温かいものが心を満たすのを感じた。彼はいつも、こうやって自分を明るい場所に連れ出してくれる。昔からずっとそうだった。じわっと涙がにじみそうになり、慌てて目尻を拭った。はにかみながら、「ありがとう」と口にする。

……それから、大好き、と心の中でそっと呟いた。

しばらくバイトを休みたいと申し出ると、店長はさほど迷惑そうな素振りも見せずに風花の希望を了承してくれた。

大学が春休みに入ったため、単純に旅行か帰省でもするのだろうと、そんなふうに思われたようだ。春休みは時間を持て余している学生アルバイトで手も足りるようなので、職場にあまり迷惑を掛けずに済みそうでホッとする。

大学が閉まり、アルバイトからも離れてしまうと、岡部との接点は日常からあっけなく失われた。一時的なものとはいえ、それでも、だいぶ気持ちが軽くなる。

……しかし、まだ油断はできなかった。アパートの前に立っていた岡部の姿や、おかしな熱のこもった発言を思い返し、自然と肩に力が入ってしまう。

(オレを信じて)

(これは同情じゃないよ、愛情だよ)

慌てて不快な思考を追い払う。一人で家に居てもなんだか落ち着かなくて、勉強する颯太の側で読書をして過ごしたり、大学の女友達と遊びに出かけたりした。無防備な空隙の時間をなるべく作らないよう、気を付けた。自分がしっかりしていれば、これ以上おかしなことにはならないだろうと思ったのだ。実際、それからしばらくの間は何事も無く穏やかな日々が続いた。

——その出来事が起こったのは、バイトを離れてから十日ほどが過ぎた頃だった。

ぐずぐずと続いた雨が上がり、その日は久しぶりに暖かい日差しが覗いていた。

風花は電車に乗り、珍しく一人で、数駅離れた区立図書館に向かった。颯太が読みたがっている本が大学図書館に置いておらず、絶版で書店でも手に入らないとぼやいていたのを少し前に思い出し、時間があったので何気なく検索してみたところ、やや離れた区立図書館で所蔵していることがわかったのだ。

図書館のホームページから予約をかけておいたその本の取り置き期限が今日なので、取りに行くつもりだった。颯太の喜ぶ顔を想像して、密かに微笑む。貸出手続きを終え、ついでに雑誌を閲覧してから図書館を出た。

駅に戻る途中、大通りの商店街を歩いていると、突然、背後から男性に名前を呼ばれた。

その声を聞いた瞬間、持っていたバッグを落としてしまいそうになった。首筋に、冷たい手で触れられたような悪寒が走る。

頬が引き攣るのを感じながら、恐る恐る、振り返った。そこにいる人物の姿を確認し、凍り付く。

――岡部だ。

人が行き交う中、歩道に立つ岡部が風花に向かって笑いかけてくる。

「偶然だね」

何事も無かったかのように話しかけられ、とっさに言葉が出てこなかった。なぜ……どうして、彼がここにいる？

立ち尽くしたまま絶句している風花に、岡部は「呼び止めてごめん」と言葉を続けた。その表情から、貼りつけたような笑みがすうっと消える。まっすぐに風花を見つめ、真顔になって岡部は言った。

「でも、直接話したかったから。お互いに目を見て話をするって人間関係の基本だし、大事なことだってオレは思ってるからさ」

呆然とする風花の様子を気に留めるでもなく、岡部の口調が徐々に熱を帯びていく。

「……こんなふうに避けられると思わなかったから、正直ちょっと傷ついたかも。けど前に進もうとして怯む気持ちとか、怖くなる気持ちは、オレもよくわかるから」

岡部の発した言葉に、息を呑んだ。なぜ、この状況でそんなずれたことを言い出せるのかがわからなかった。彼の目にもどかしげな色が浮かぶのを見て、身をこわばらせる。

一人きりで出かけたときに偶然道で会うなんて、そんなことがありえるだろうか。まさか、自分を見張っていて、家からずっと尾けてきた……？

喉が大きく上下した。立ちすくむ風花に、岡部が無遠慮に距離を詰めてくる。

「二人で話がしたいんだ」

怯えて後ずさると、焦れた様子の岡部に右腕を摑まれた。彼の体温を感じた途端、腕にざわっと鳥肌が立つ。

「離して」

とっさに、悲鳴のような声が出た。近くにいた人が驚いた表情でこちらを見る。ふいをつかれた岡部の手から一瞬力が緩んだ隙に、風花は慌てて身を引いた。そのまま夢中で走り出す。途中、通行人と勢いよく正面衝突しそうになり、「ごめんなさい」と上ずった声で謝った。ぶつかりそうになった目つきの悪い黒ずくめの男が眉をひそめてこちらを見下ろしたのでビクッとしたけれど、とっさに素早く頭を下げ、再び走り出す。

賑わう通りを、走って、走って、離れた場所まで来た所でようやく足を止めた。息を切らしながら振り返ると、岡部の姿はどこにも見当たらない。

その場にうずくまりそうになりながら、すがるように携帯電話をタップした。呼び出し音が二回鳴った後、颯太が穏やかな声で電話に出る。

「風花？　どうした？　ちょうど今バイト終わったとこだけど」

なじみのある職場の喧騒《けんそう》と、真由美が「なあに、今からデート？」と間延びした声で颯太を茶化しているらしいのが電話の向こうから聞こえてきた。拍子抜けするほど当たり前の日常を感じた瞬間、張りつめていた緊張が解けて、今さらのように指先が震え出した。

颯太、と呼ぶと、電話越しに聞こえた彼の声が訝し気にひそめられる。

「……声、変だぞ。何かあったのか？」

直後、込み上げてくる感情を堪《こら》えきれず、喉の奥から嗚咽が漏れた。

「助けて」

◇

春の風が、そっと頬を撫でていく。頭上で木々が枝葉を揺らす音がした。

颯太と訪れた山の麓にある自然公園は、電車で一時間かからない距離にあり、緑が豊かで静かな場所だった。三月の初めで肌寒いこともあってか、気を抜くとうっかり迷ってしまいそうなくらい広い敷地には人の姿がなく、閑散としている。

「静かだね。なんか、貸し切りみたい」

「今はまだつぼみだけど、桜が咲いたら花見客でかなり賑わうらしいよ」

そんな他愛ない会話をしながら、桜並木の続く道を歩く。青空を見上げて、澄んだ空気を胸いっぱいに吸い込んだ。

颯太が気分転換に出かけようと誘ってくれたときは、正直あまり乗り気では無かったけれど、心地よい自然の中をのんびり散策していると、来てよかった、と素直に感じた。

……泣きながら颯太に助けを求めてから、二日が経った。あれから颯太は、前よりもいっそう風花のことを気に掛けてくれるようになった。こまめに連絡をくれて、なるべく一緒に居てくれる。怯えさせまいと気遣ってか、風花の前で岡部の話題は一切口にしなくなった。そんな颯太の思いやりがありがたかった。岡部の行動をどう受け止めればいいかわからなかったし、今は彼について考えたくなかった。ただ颯太が側に居てくれることで、安心感を得られた。

「あれ、この辺て携帯つながらないみたい」

携帯電話で周りの景色を写真に撮りながら、ふと気が付いて口にする。颯太も「ほんとだ、圏外になってるね」と呟き、ポケットに携帯をしまった。

どちらからともなく手をつないで公園の敷地を歩きながら、幼い頃にこんなふうに手を握り合って山を下りたのも春だった、と懐かしく思い出す。

あのときは二人とも泥だらけで、ひどい有様だった。恐ろしい事故から無事に助かったのも、前向きになれたのも、颯太のお陰だ。あれから毎年、春になると一緒に桜を見るのがいつしか恒例行事になっていた。

上京した去年の春は、上野公園や新宿御苑《ぎょえん》の人だかりに恐れをなし、近くの市民公園に花見に出かけた。人が少ないのに見事な桜並木が連なっていて、公園に設置されていた、〈願いが叶《かな》う鐘〉というのを二人で鳴らしてはしゃいだものだ。昔この近くで殺人事件が起こったらしいよ、と言う颯太に「やだ、怖い！」と大袈裟に声を上げて腕にしがみついた。本当は彼が側にいてくれれば平気だと、そう思っていたくせに。

春先の、微かに冷たい風が吹き抜けた。やや汗ばんでいる、けれどひんやりとしたままの颯太の手を握って歩く。

くしゅん、と風花が小さくくしゃみをすると、「大丈夫？」と颯太はこちらを見た。自動販売機で温かい飲み物を買い、広場のベンチテーブルで休憩する。

「外を歩くにはまだ少し寒かったね」と気遣わし気に言う颯太に、ううん、とかぶりを振った。彼を見つめ返し、小さく微笑む。

「……誘ってくれて、嬉しい」

風にそよぐ若々しい緑は、縮こまっていた憂鬱な気持ちをのびやかにしてくれるようだった。

景色を楽しみながら熱い紅茶をちびちびと飲んでいると、突然、颯太があっと声を上げた。腕時計に目をやり、慌てた様子で「やばい」と唸《うな》る。

「――バイトのシフト、頼まれて代わってやったの、すっかり忘れてた。すぐに行かないと」

早口にそう言い、心底申し訳なさそうな表情で告げる。

「ごめん、悪いけど先に帰る。送れないけど、大丈夫……？」

颯太の言葉に一瞬戸惑い、それから、小さく笑って頷いた。……普段しっかりしている颯太がこんなミスをするのは、おそらく風花が急にシフトから抜けたことや、忙しい中、風花に気を配ってくれたことと無関係では無いだろうと容易に推測できた。

「大丈夫、気にしないで。もう少ししたら一人で帰るから」

ごめんな、と詫《わ》びながら急いで席を立つ颯太を、笑顔で見送る。颯太の姿が木々の向こうに消えた後、まだ残っている紅茶を静かに口にした。

なだらかな遊歩道の脇に植えられた木立の間から、眼下に大きな池が広がっているのが見える。もう少し暖かくなったら、今は閉まっている釣具屋やボート屋が営業を始め、水遊びに興じる行楽客で賑わうのだろう。その頃に二人でまた来るのも悪くない、などと考えながらのどかな風景を眺め、しばし佇む。

時間をかけてお茶を飲み終え、帰ろうと立ち上がったとき、ふと遊歩道を歩いてくる若い男性が視界に入った。

見覚えのあるその姿を目にした途端、すうっと顔から血の気が失せていく。

「あ……」

口から、引き攣ったような声が漏れた。信じられない思いで目を瞠る。

――岡部が、こちらに向かってやってくる。

誰かを捜すように周囲を見回しながら歩く岡部から、遠目にも焦りのような、苛立《いらだ》ちにも似た気配が感じられた。

なぜ、どうして。緊張に息を呑んで固まっていると、直後、彼とまっすぐに目が合った。鼓動が大きく跳ね上がる。

岡部の視線がはっきりと風花を捉えるのがわかった瞬間、「風花！」と余裕の無い声で下の名前を呼ばれ、思わず飛び上がりそうになった。恐怖に駆られ、反射的に身を翻す。

駆け出しながら、動転して視線を周囲にさ迷わせた。閑散とした公園の敷地に、他に人の姿は見当たらない。——誰か、誰か助けて、颯太。

自分は岡部に捕まってひどい目に遭わされたり、ひょっとしたら、殺されてしまうのだろうか。嫌——死にたくない。

恐怖と息苦しさで、心臓が痛いくらいに波打っていた。木立の間をすり抜け、背の高い茂みの陰にしゃがみ込んで、とっさに身を隠した。

焦る思いで、ポケットから携帯電話を取り出す。お願い、どうかまだ近くにいて、と祈りながら颯太の番号をタップしようとし、次の瞬間、ディスプレイに表示されている圏外の文字に言葉を失った。この辺りは携帯が通じないようだというさっきの会話を思い出し、血の気が引く。情けなく手が震えた。まるで臆病な子供に戻ってしまったような気がした。

……本気で岡部に追いかけられたら、非力な自分の足で逃げられるとは思えない。見つかったら、終わりだ。

そのとき、近くで人の気配がしてビクッとした。誰かの足音がこちらに近付いてくる。岡部だ、きっと自分を捜しているのだ。心臓を直《じか》に摑まれたような緊張を覚えた。無意識に呼吸が荒くなり、漏れそうになる悲鳴を堪える。息を殺し、精一杯身を縮こまらせてやり過ごそうとするも、気配はすぐ側まで迫ってくる。

もう駄目、逃げられない。

パニックに陥りそうになったとき、ふいに足音が止まった。固唾を呑み、恐る恐る、顔を上げる。

——目の前に、軽く息を乱した岡部が立っていた。

彼の思い詰めたような眼差しと視線がぶつかった途端、恐怖の塊が喉元までせり上がる。

「ひっ」と本能的に数歩後ずさり、背後を見ると、その先は切り崩したような急な斜面になっていた。見下ろせば遥か下には池と、それを囲む遊歩道が見える。逃げ場を失ったことを理解し、凍り付いた。

追い詰められた風花に向かって、岡部が手を伸ばしてくる。そのとき、頭の中を小さな光がよぎった。迷ったのは、一瞬だった。

……次の瞬間、意を決し、風花は斜面の向こうへ身を翻した。思いきって飛んだ瞬間、岡部が血相を変えて何か叫ぶのが聞こえた。

そのまま勢いよく転がり、斜面を滑り落ちていく。耳元で、ぶつかった細い枝などが折れる軋《きし》んだ音がした。必死で頭を庇《かば》いながら、きつく目を閉じて全身を襲う衝撃に耐える。

数メートル下の遊歩道まで転がり落ち、土まみれになって、どうにか身を起こした。うう、と口から呻き声が漏れる。

地面に手をつき、ふらつきながら立ち上がった。あちこちがひりつくように痛むけれど、どうやら骨が折れたり、動けないほどひどい怪我を負ったりはしていないようだ。とにかく安全な場所へ逃げなくては、という焦りが風花を突き動かした。泣きそうな思いで、歩き出す。

まるで、あのバス事故のときの再現のようだと思った。だけどあのときと違って颯太はいない。今ここにいるのは、自分一人だけなのだ。

呼吸がどんどん浅くなっていくのを感じながら、早く、早く逃げなきゃ、と心の中で繰り返した。足を止めちゃ駄目、と懸命に自分を叱咤《しった》する。

足がもつれてへたりこみそうになったそのとき、ずっと遠くに人影が見えた。池の向こう側に、誰かがいる。

とっさに、岡部がもう迫ってきたのかと思い怯えた。――違う。池沿いの遊歩道を歩いているのは、二人連れの見知らぬ男性だ。思わず目を見開いた。

離れた場所にいる彼らは、こちらには全く気が付いていない様子で、そのままどこかへ立ち去るところだった。待って、と心の中で訴える。お願い、行かないで、こっちに気付いて。

目に映る彼らの背中が遠のいていく。一瞬、絶望に視界が暗くなった。けれどそのとき、風花の耳の奥で、いつか聞いた力強い声が響いた気がした。

(――大丈夫だ)

半ば無意識に、涙がこぼれ落ちた。その声に背中を押されるように遊歩道の手すりを摑み、思い切って身を乗り出す。

それから気力を振り絞り、助けて、と声を限りに叫んだ。

◇

助けを求める風花に気付いて保護してくれたのは、公園施設の警備員だった。

最近、自然公園の敷地内で車上荒らしやごみの不法投棄が増えたため、見回り中だったという。彼らに連れていかれた岡部は、おそらく警察で話を聞かれることになるだろうということだった。

公園施設の管理事務所で事情を説明し、軽い怪我の手当てを受けていると、連絡を受けた颯太が急いで迎えに来てくれた。颯太は駆けつけるなり、動揺した様子で「大丈夫か？」と風花に無事を確かめた。

丁寧に頭を下げ、彼らに礼を言ってから、ようやく建物を後にする。外に出ると、颯太が心配そうな表情を浮かべて口にした。

「……無事でよかった。死ぬほど驚いたよ」

言いながら、風花の肩に優しく触れようとする。そこで風花は足を止めた。顔を上げ、無言で颯太を見つめる。

「風花？」

颯太が怪訝な表情になった。彼から視線を逸らさないまま、真顔で、静かに呟く。

「──颯太、だったんだね」

その一言で、伝わるはずだった。

風花の発した言葉に、颯太が衝撃を受けたように目を見開く。その顔から、たちまち色が失われていく。颯太はかすれた声を漏らした。

「何、言って……」

こわばった面持ちの颯太を見つめながら、これまでの出来事を思い返す。

……考えてみれば、全てが、あまりにもタイミングが良かった。

外出先や、風花が一人になるのを見計らったように目の前に現れた岡部。

風花の住まいも、詳細な予定も、身近にいた颯太ならば容易に岡部に伝えることができたはずだ。——逆に言えば、それが可能だったのは、颯太だけなのだ。

これまで、岡部の態度がなぜこんなふうに急激に変わってしまったのかがわからず、ただ怯えていた。

しかし、岡部の行動に颯太が関わっていたとしたら——？

風花と颯太の関係については、バイト先でも知られている。

風花と長く付き合いがあり、一番近い場所にいる颯太が、たとえば「実は風花が岡部に好意を持っているようだが、事故のとき助けた自分に負い目を感じているらしく、別れを切り出せずに悩んでいるようだ」「風花は引っ込み思案な性格で自分に自信が無いため、岡部への思いを伝えられずにいるのだ」などと熱心に岡部に吹き込んでいたとしたら、彼は疑いなくその話を信じ込んだはずだ。

自分たちはもう互いに気持ちが離れているのだ、と。風花に必要なのは岡部のような前向きな人間なのだと、そんなふうに陰で岡部に囁《ささや》き続けたのかもしれない。

颯太はそうやって、良くも悪くもまっすぐで行動力のある岡部の思い込みを、意図的にエスカレートさせていったのではないか……？

初めは、風花と岡部がそれをきっかけに接近してくっつけばいい、くらいの単純な思いつきだったのかもしれない。

けれど、次第に悪化していく状況を眺めながら、颯太は心の奥底で微かに期待していたのではないだろうか。

風花が怖い思いをして地元に帰ると言い出すか――ひょっとしたら、命を落とすような事態になるかもしれない、と。

物的証拠が何一つ無かったとしても、風花にだけはわかった。

岡部が姿を現す前、二人で公園を歩いていたとき、つないだ颯太の手が汗で湿っていた。その指先は冷たく、ずっとこわばったままだった。

触れた感覚でわかる。あのとき彼は恐れ、緊張していたのだ。……これから何かが起こると、知っていたから。

……風花にとって、あの手の感触が、何よりの証拠だった。

吐いた息が微かに震えた。颯太と手をつないで山を下りた、幼い日の記憶が脳裏によみがえる。

あのとき颯太は、怪我をして座り込む自分を見つけ、迷わずに手を伸ばしてくれた。それは他意の無い、純粋な子供の行為だったはずだ。颯太はただ、必死だっただけなのだ。

けれどその行動が「ヒーロー」などと美談として語られ、二人を見守るような視線を周囲から向けられるようになったことが、颯太にとっては次第に重荷に感じられていったのかもしれない。

しかし、颯太はそれを言い出せなかった。なぜなら風花を突き放せば、周囲の抱く期待とイメージを裏切り、「心変わりした薄情な男」という目を向けられかねないからだ。

颯太は、逃れたかったのかもしれない。風花にとっては支えだったはずの、つないだ手の感触が、彼にとってはいつしか枷《かせ》になっていたのだ。

風花と距離を置きたいという思いもあって颯太が決めたのかもしれない東京の大学への進学や、アルバイト先にまで、自分は何の疑問も持たずについてきてしまった。

岡部のことを、言葉を交わしているのに意思が伝わらないと、苦痛に感じていた。

……もしかしたら自分も、颯太に対してずっと同じことをしていたのだろうか。

凍り付いている颯太を見つめ、胸が締め付けられるような痛みを覚えた。虚《むな》しさと悲しさで、息が苦しくなってくる。視界がにじんで唇を噛んだ。

——それでも、怯えて動けずにいた自分を生かしてくれたのは、確かにあの日の颯太の手のぬくもりだったのだ。

触覚は赤ん坊の五感の中で発達が最も早く、そして死の間際まで残っているという。

誰かにその話を聞いたとき、ならば息が絶える最期の瞬間まで側にいて彼のぬくもりを感じていたい、とそう願ったのを覚えている。

……けれど今、その手を離すと、心に決めた。誰かに手を引いてもらうのではなく、自分の力で希望を摑めるように。まやかしではない、確かなものをこの手に強く握るために。

顔を引き攣らせて何か言おうとしている颯太を、正面から見つめる。込み上げてくる切ない思いを必死で殺し、泣きそうになりながら、微笑んだ。

「……さようなら」

青ざめたまま立ち尽くす颯太をその場に残して、歩き出す。ぎこちない足取りで、けれど一歩ずつ、前に進む。

ふいに微風が吹き抜け、風花の髪をなびかせた。そっと手を伸ばすと、まだ咲いていないはずの桜の花びらが軽やかに宙を舞い、その指先に触れたような気がした。ああ、と思う。


——春はもう、きっとすぐ近くまで来ている。

Extra stage『第六感』

——満開の桜が、夜の中で白っぽく揺れている。

わあ、と隣で大友はるかが感嘆したような声を漏らした。

「西行《さいぎょう》とか、坂口安吾《さかぐちあんご》の世界って感じですね。沢村先輩、創作意欲が湧いてきたりしません？」

「……今オレの頭の大半を占めてるのは、早く暖かい場所に戻りたいって思いだよ。熱いお茶が欲しい。春だけど陽《ひ》が落ちると結構、冷えるな」

歩きながら首をすくめてそっけなく答えた沢村碧《あおい》の言葉に、はるかは唇を尖《とが》らせた。

「いやいや」と不満げな口調で沢村に云《い》う。

「真面目に小説のアイディアを考えてくださいよ。そのためにわざわざここに来たんですから」

「それはそうだが……なんだか、気が進まなくてな」

「どうしてですか、まさかスランプってやつですか」

そう返した後、「……それとも」とはるかはふいに声をひそめた。沢村を見上げ、意味深に微笑《ほほえ》む。

「この場所で人が死んでるから——ですか？」

◇

沢村が二十四歳のときに書いた推理小説が小さな新人賞を取り、いささか面映《おもは》ゆくもミステリ作家、と呼ばれるようになって三年目になる。

はるかは、大学時代に文芸サークルで一緒だったふたつ下の後輩だ。人付き合いが極端に苦手な沢村とは真逆で、当時から明るく社交的な性格だった。異性の知人が少ない沢村が気さくに喋《しやべ》れる、数少ない相手でもある。

出版社に就職し、現在は文芸誌の編集者をしているという彼女から、変わった原稿依頼をされたのが一昨年のこと。

久しぶりに会うなりはるかが口にしたのは、〈五感〉を題材にしたミステリ短編を書いてみないか——そんな依頼だった。「聴覚」、「視覚」、「嗅覚」、「味覚」、「触覚」、それぞれの感覚を題材に五つのミステリ短編を掲載しようというのだ。

最初に話を聞いたときは正直なところ戸惑ったものの、やけに熱心なはるかの勢いに押されて承諾した。いざ執筆してみると、苦心したけれどそれはなかなかやりがいのある作業だった。今月号に「触覚」を題材にした五つ目の短編が掲載され、〈五感ミステリ〉シリーズは無事に完結した。

……そんな二人がこうして夜に訪れたのは、いわゆる廃墟《はいきょ》と呼ばれる場所だった。

若い男女が二人きりで人気のない暗がりに――という状況だけを聞けば色っぽい場面と解釈できなくもないが、実際にはまるで違った。

「〈五感ミステリ〉を書籍化するにあたって、最後に書き下ろし短編を入れたらいいんじゃないかと思うんです」

一話から五話をまとめたゲラを沢村に渡すとき、はるかは妙に熱のこもった口調で云った。いかにもやる気に満ちた新人編集者、という面持ちで提案する。

「本を買ってくれた人へのボーナストラック、みたいな感じで。題材は、〈第六感〉なんてどうでしょう？」

さらに続けて、こんなアイディアを口にした。

「本を締めくくる書き下ろし短編は、第一話の『サクラオト』と同じ場所を舞台にした物語にするんです。最初の話に出てきた場所で幕を閉じる構成にすれば、短編集としてまとまりが出ません？」

「全体のまとまりっていう意味なら、既に〈五感〉という共通テーマがあるわけだし、わざわざそんな構成にしなくてもいいんじゃないか」

「でも、この短編集の中で、『サクラオト』だけは特殊な形の小説ですよね？」

はるかの言葉に、沢村は彼女の顔を見た。はるかが好奇心をあらわにした眼差《まなざ》しで

「あの小説だけは、実際に殺人事件が起こった場所を舞台にしてるんですから」

「だって」と続ける。

そう——実は、『サクラオト』に出てくる場所は実在する。

あの小説は、かつて何人もの人が命を落とした現実の事件からそのまま着想を得たものだ。だから念のため、第一話の終わりに、この小説は実際に起きた事件を題材にしているが完全なフィクションである旨を明記している。犯罪を扱う物語を書く者の、いわゆる良識的配慮というやつだ。

「こういう云い方は不謹慎かもしれませんけど、面白いアイディアだと思うんですよ。虚構と現実の融合っていうか、ちょっとメタフィクションっぽい感じで。ね、書きましょうよ、先輩」

尚《なお》も云い募るはるかに、沢村は半ば押し切られる形で頷《うなず》いた。……昔からはるかに頼みごとをされると、なんとなく断れない。ちょうど今は作品と同じ、桜の咲く季節。現場に行けば何かインスピレーションが湧くかもしれないというはるかの強引な誘いで、暗くなってから、廃墟となっているそこへ二人でやってきたのだった。

沢村の運転で蛇行した坂道を上り、広い路肩に車を停《と》めた。外に出ると、吹く風は思ったより肌寒い。しかしそれよりも、ほのかな街灯に浮かび上がる桜並木に思わず目を奪われた。暗がりの中、頭上で桜が怖いくらいに咲き誇っている。

ざわめく花々を眺めながら、はるかが『『きれい』と『こわい』って同義だったんですねえ」と編集者らしいような、そうでもないような呟《つぶや》きを漏らす。

「こんなに満開なのに、私たちだけで見てるのがなんだか勿体《もったい》ないみたい」

そちらの感想には、沢村も同感だった。しかし、呑気《のんき》に花見をするにはこの場所はふさわしくないというのが世間一般の感覚なのだろう。——なにせ、あまりにも人が死に過ぎている。

「……さっさと先に進むぞ。あんまり長居して誰かに見つかると、不審者と思われて通報されかねないからな」

ぼうっと頭上を仰ぐはるかを促し、沢村は持ってきた懐中電灯を点《つ》けた。丸い光を地面に向け、「足元に気を付けろ」と暗がりを照らす。

「すごい、慣れてますね、先輩」

無邪気に感心した声を上げるはるかに、苦笑して呆《あき》れ声で云う。

「大友の方こそしっかりしてくれよ。取材しようって誘ったのはそっちだろ」

はるかが悪びれた様子も無く「そうでした、すみません」と肩をすくめた。学生時代からのなじみの間柄ということもあり、互いに作家と担当編集者というよりも、いまだに先輩後輩という感覚が強く出てしまう。むしろ、仕事の取材と称して二人でこんな場所を訪れていることの方に、なんだか「ごっこ遊び」でもしているかのような違和感があった。

桜の木が続く道なりを、並んで歩いていく。辺りは静まり返り、人っ子ひとり見当たらない。

暗い場所で不安になるのは人間の本能なのかもしれない。会話が途切れるたびに周囲の静寂がいっそう深く感じられ、自然にどちらからともなく喋り出す。

はるかが、担当しているミステリ作家の話題をふった。少し前に作品が大きな賞を取ったのでメディアなどでも話題になっているが、中性的なペンネームから女性と勘違いされ、書店で「女性作家」と分類された棚に置かれていることがあるらしい。ちなみにその作家は、四十代のまごうことなき男性だ。

「そもそも本を作家の性別で分けるのって、何か意味あるんですかね？」とはるかがぼやく。

「ミステリのジャンルは、女性か男性かわからないペンネームの作家さんが多い印象ですよね。沢村先輩もですけど」

「オレのは本名を少し変えただけだよ。別に深い意味はない」

「沢村碧を女性作家だと思ってる読者さんもいるみたいですよ」

はるかはくすくす笑って云った。ふと思いついたように続ける。

「そういえば訊《き》いたことなかったですけど、沢村先輩はどうして小説家になったんですか？　もちろん、文芸サークルに入ってたくらいだから元々本は好きだったんでしょうけど」

「なったというか、小説家にしかなれなかったというか。大友と違ってオレは口下手だから、昔から対人関係で苦労してるんだよ。人相が悪いせいで、普通にしてるだけなのに不機嫌そうとか云われるし」

「うーん、思い切ってイメチェンするのはどうでしょう。先輩、いつも黒系の服ばっかりだから、明るい色のものを身に着けてみるとか。運気が上がるかもしれませんよ」

「情報番組の星占いみたいなことを云うのはやめてくれ。オレにパステルカラーのカーディガンを着ろとでも云う気か。……いっそサングラスかけてハードボイルド作家にでも転向しようかな」

「むしろ似合い過ぎるからやめた方がいいと思います」

冗談めかした会話を続けているのは、この非日常な空間にどこか落ち着かなさを覚えているからだ。暗がりの中、幻想的にざわめく桜――。

周囲の雰囲気に呑《の》まれるように、自然と二人とも無口になった。この道の先が多くの人間が命を落とした場所なのだという事実に、今さらながら緊張感が高まってくる。

「沢村先輩は、前にもここに来たことがあるんですか？」

「ああ。『サクラオト』を書いたとき、参考になるかと思って一度だけな」

はるかの問いに頷きながら、沢村は「そこ、引っかけるなよ」と道の脇を懐中電灯で照らした。

茂みに埋もれるように、文字のかすれた『立ち入り禁止』の看板が立っている。看板の端から、歪《ゆが》んだ古い釘《くぎ》が飛び出していた。

そのまま先へ進むと、学校の敷地を囲む形で、背の高いフェンスが現れる。褪色《たいしょく》して錆《さ》びた金網には枯れたツタが絡みついていた。出入口になっている部分を押すと、本来施錠されていたであろう扉は軋《きし》んだ音を立て、あっさりと開く。

深呼吸し、おもむろに敷地内へと足を踏み入れた。フェンスに沿って植えられた桜の木々が、静かに花びらを落としている。無人の校庭の向こうに、とうの昔に学び舎《や》としての機能を停止した古い校舎が建っているのが見えた。

建物は古びた板が打ち付けられ、窓ガラスが割れているのが遠目にも見て取れた。複数の人間が穏やかではない死に方をした場所、という先入観があるせいか、建物自体がどことなく禍々《まがまが》しい雰囲気を纏《まと》っているように感じてしまう。人食い校舎、呪われた場所、などという不気味な単語がふと頭に浮かんだ。

なんだか薄ら寒いような感覚を覚え、足を止める。同じように感じているのか、隣ではるかも立ち止まったまま、無言で廃校舎の外観を眺めている。

雑草の茂った校庭に立ち、朽ちかけた建物を見上げながら、純粋に疑問に思ったという様子ではるかがぽつりと尋ねた。

「どうしてこの場所を小説の舞台に選んだんですか？」

はるかの問いに、肩をすくめて答える。

「うーん、なんとなく興味を引かれて、かな。実際にここで複数の人間がショッキングな亡くなり方をしてるわけだし、事件当時は色々と報道もされてただろ」

「そっか、作家さんてやっぱり日頃から世間の出来事に対してアンテナを張ってるものなんですね」

「いや、そんな大袈裟《おおげさ》なものじゃないけど」

沢村は苦笑いして云った。校舎を見つめたまま、はるかが真剣に口にする。

「校舎の中には入れないんでしょうか」

大胆な提案に、ぎょっとして彼女の顔を見た。

「やめておけよ、建物が倒壊して怪我《けが》でもしたらどうするんだ。大体、作家と担当編集者が不法侵入で捕まったらさすがに笑えないぞ」

「それは困りますね」

はるかはあっさり頷いた。それからこちらを向き、「何かいいアイディアが浮かびそうですか？」と期待のこもった声で尋ねてくる。

沢村は口ごもりながら答えた。

「いや何だ、今のところ、夜桜が綺麗《きれい》だな、くらいしか」

「全然浮かんでないじゃないですか」

沢村の答えに、はるかが眉を吊《つ》り上げる気配がする。ううん、と何やら唸《うな》った後、彼女は楽しげに口を開いた。

「こんなのはどうです？　作家と編集者が小説の取材のために、陰惨な事件が起きた現場を訪れるんです」

「……そのまんま今の状況だな」

「二人のうち、どちらかが相手に殺意を抱《いだ》いていて、恐ろしい企《たくら》みを実行しようとしている」

はるかの続けた言葉に、沢村はぴたりと口を閉じた。暗がりの中、彼女が今どんな表情をしているのかははっきり窺《うかが》えない。

「動機は、そうですね――痴情のもつれとか、金銭絡みとかでしょうか。かつての殺人現場を舞台に、二人の間で事件が起こるんです」

無邪気にも意味ありげにも聞こえる声で、はるかは云った。沢村は一瞬黙り、再び軽い口調に戻って返した。

「じゃあ被害者は作家で、犯人は編集者だな」

「どうしてですか？」

「作家を殺すのは編集者と相場が決まってるらしいから」

くすっといつものようにはるかが笑った。「作家さんを殺したら原稿が手に入らなくなっちゃうじゃないですか」と軽口を叩《たた》く。

「痴情のもつれといえば、知ってました？　学生時代、沢村先輩が私に気があるってサークル内で噂《うわさ》されてたんですよ。先輩はよく私のことを見てる、付き合い悪いのに私の誘いは断らない、って」

「……単に大友が危なっかしいからだよ。というか、痴情のもつれなんて物騒な単語からそのエピソードを連想しないでくれないか」

「そんな不本意そうな顔をしなくても」

渋面の沢村に、はるかがおかしそうに云う。ただの冗談だったらしい。

荒れた校庭をゆっくりと歩きながら、はるかは考え込むように少し沈黙した後、「そういえば」と話しかけてきた。

「〈第六感〉でちょっと思い出した話があって。執筆のお役に立つかどうかはわかりませんけど、お聞きになります？」

ああ、と沢村は何気なく頷いた。交友関係の広い彼女は、知人から聞いた面白い話や、変わったエピソードなどを打ち合わせの席で披露してくれることがよくあった。

「中学の頃の話なんです」とはるかは話し始めた。それほど大声で喋っているわけでもないのに、暗い静寂の中、彼女の話し声はやけに明瞭に響く気がした。

「中学時代の私は、思ったことをはっきり口にしないと気が済まなかったり、こうだと思ったら周りの意見も聞かずに突っ走ったり、まあ、面倒くさくて痛々しい女子だったわけです」

「なんとなく目に浮かぶな」

普段からバイタリティのある彼女が思春期の頃、そのエネルギーを持て余しているさまが容易に想像できてそう呟くと、ふふ、と含み笑いの気配が伝わってきた。

「そんな私にも、当時、すごく仲の良い女友達がいたんです。その子は温厚な性格で、何かあるといつも私の話を聞いてくれた。彼女に話を聞いてもらっていると、自分が何に憤っているのかを冷静に分析できたり、自分の気持ちが整理できるように感じられて、少しだけ楽になれたんです。優しくて、いい子でした。若葉《わかば》っていうんですけど」

沢村は、喋り続けるはるかの横顔を見た。何か云いかけ、そのまま口を閉じる。

「でも当時、彼女は学校で浮いてたんです。元々大人しい性格で口数の少ない子だったんですけど、目つきが少しきつく見えるせいもあってか、周りに誤解されることが多かったみたいで。感じ悪いってクラスメイトに陰口叩かれたり、上級生から『睨《にら》んでる、生意気だ』って云われたり、なんかいじめっぽい雰囲気になっちゃってて。多感な時期だったし、若葉はすごく気にして傷ついてました」

はるかが怒ったような口ぶりで云う。

「女子のそういうのって、面倒くさいんですよ。肉体的な暴力とか、お金を盗《と》られるとか、そういうわかりやすい被害ならある意味白黒つけやすいんですけど。『そんなつもりじゃなかった』で云い逃れられる範疇《はんちゆう》にいて、決定的な加害者にはならない立ち位置から陰湿に攻撃してくる。やられる方はたまったものじゃないですよね。今にして思うと、若葉が美人だったからやっかみみたいな感情もあったのかも。彼女はだんだん追い詰められて、ふさぎ込んでいって」

当時を思い出すように、はるかはしんみりと呟いた。

「そのとき、若葉を支えてくれた人がいたんです。担任の先生なんですけど、若い男性で、真面目で生徒思いの人でした。親身にあたしたちの相談に乗って、力になってくれた。その先生のお陰で、若葉は少しずつ前向きになれたんです。元気になっていく若葉を見て、私もすごく嬉《うれ》しかった」

そこで、はるかの声のトーンが少しだけ低くなる。

「……若葉のお父さんて、彼女が物心つく前に亡くなったそうなんです。今のお父さん——お母さんの再婚相手とは、あまり折り合いがよくなかったみたいで。学校のことを気軽に相談したりできる家庭環境じゃなかったんでしょう。そういう事情もあったから、なおさら若葉は先生のことを信頼して、頼りにするようになったんだと思います」

沢村は、黙ってはるかの話を聞いていた。夜の中を歩きながら、懐中電灯の丸い光が暗闇に頼りなく吸い込まれていく。

「側《そば》で見ていて、若葉が先生に対していつしか恋心のようなものを抱き始めたのに気づきました。そして先生の方も、けなげに自分を慕ってくれる教え子への愛情が、少しずつ特別なものに変わっていったようでした。もちろん、周りの目もあって、お互いあからさまに態度に出したりはしませんでしたが」

沢村はぼそりと尋ねた。

「……それで？」

「決して公にできない二人のささやかな交流は、誰にも知られないよう、静かに深まっていったようです。三年生に進級したとき、とうとう先生から好きだと言ってもらえたと、若葉は涙ぐんで喜んでいました。信じられない、思いが叶《かな》って嬉しい、って。彼女はその事実を、私にだけ打ち明けてくれたんです」

沢村が何か云うより先に、はるかが続ける。

「わかってます。未成年の教え子と教師の恋愛なんて、世間的には決して許されないことでしょうね。不道徳だし、不謹慎です。でも、二人は思い合ってた。あのとき孤独に苦しんでいた若葉を救ったのは、親でもクラスメイトでもなく、先生だったんです。それを知ってたから、そんなことはやめるべきだ、と安易に彼女には云えませんでした。幸せそうな彼女に水を差したくなかった。誰にも秘密のまま、陰でそっと彼らを見守るような気持ちでいたんです」

でも、とはるかは声をひそめた。

「その年の夏頃からでしょうか。若葉が時々、おかしなことを口にするようになったんです」

「おかしなこと?」

訝《いぶか》しげな沢村の問いに、「ええ」とはるかが神妙に答える。

「——誰かに見られているような気がする、って」

ほんの一瞬、足が止まった。無言のまま、話の先を促すように視線を向ける。はるかは再び口を開いた。

「自宅を出るときだったり、学校帰りだったり、そんなふとした瞬間に、誰かが自分をじっと見ているように感じるんだそうです」

冷たい夜風が吹き抜けた。廃校舎が、暗闇の中で息をひそめてこちらを窺っているような錯覚を覚えてしまう。

「ある日の夕暮れ、若葉が二階の自分の部屋から何気なく外を見たら、家の前に誰かが立っていたっていうんです。仄暗《ほのぐら》くて顔はよく見えなかったそうですけど、黒い影がこっちをじっと見上げていた、って。驚いて台所にいる母親に不審な人がいると伝えたら、母親はすぐに外を確認して、人影なんてどこにも見えない、と困惑気味に云ったそうです。怪しい黒い影を目にしたのは若葉だけ。若葉は、自分の前にだけ現れる奇妙な気配に戸惑い、気にしている様子でした」

語り続けるはるかの声は、いつしか夜の底から聞こえてくるように低く、湿り気を帯びて感じられた。

「若葉からその話を聞いたとき、根が真面目な彼女のことだから、きっと受験で気持ちが不安定になっているんだろう、と単純にそう思いました。もしくは担任教師との関係に対する後ろめたさが、彼女にありもしない幻影を見せているのかもしれないって。私自身も受験で余裕がなかったこともあって、若葉の話をそれほど深く気に留めていなかったんです。……だけど」

そこで、はるかが言葉を切る。重たい沈黙が落ちる。

「——まもなくして、卒業を待たずに若葉は亡くなりました。突然の悲劇でした。彼女自身も、まさか自分が十代で死ぬなんて夢にも思わなかったんじゃないでしょうか」

ひやりとしたものにうなじを撫《な》でられたような感覚を覚えた。

「それを知ったとき、呆然《ぼうぜん》としました。私が辛《つら》かったときに力になってくれた友達に何もしてあげられなかったことがものすごくショックで、若葉の死を、すぐには受け入れられませんでした。直後は悲しくて何も考えられなかったけど、しばらく経《た》ってからふと、亡くなる前に若葉が口にしていたその奇妙な話を思い出したんです」

記憶をたどるように話し続けるはるかの声に、黙って、ただ耳を傾ける。

「若葉は、自分を見つめる視線を、自身につきまとう影の気配を感じると云っていました。もしかしたら彼女は、自分に死が迫っていることを予感していたんじゃないでしょうか……？　理屈で説明できない、いわゆる第六感とでもいうようなものが、迫りくる死を彼女に伝えていたんじゃないでしょうか。そんなふうに思えたんです」

闇の中、音も無く花びらが舞い落ちた。

「若葉が見たという黒い影は、もしかしたら」

淡々とした、けれど静かな迫力を感じさせる声ではるかが口にする。

「——彼女にしか見えない、死神だったのかもしれません」

立ち止まった沢村の方を向き、はるかは感情の読み取れない口調で問いかけてきた。

「どうです、小説の参考になりましたか？」

夜桜の下で、はるかが妖しく微笑む。その顔をまじまじと見つめ、「……お前」とやや戸惑いながら沢村は口を開いた。

「——今日、少し変だぞ」

警戒して眉をひそめ、言葉を探す。

「なんか……」

はるかがからかうように、にやっと笑った。

「もしかして私が怖いんですか？　暗がりに二人きりで襲われるとでも？」

「バカ」

呆れた口調を装ってそう返しながらも、胸のどこかが不穏にざわついていた。なぜか居心地の悪さのようなものを覚えて、乾いた唇を舐《な》める。

そんな沢村の胸の内を知ってか知らずか、はるかは微笑んで続けた。

「でもね、最近になって思ったんです。若葉にだけ見えたという死神は、ひょっとしたら現実に存在したのかもしれないって」

「何だって……？」

はるかの言葉に、意表をつかれて反射的に尋ねる。

「どういう意味だ？」

そこで、はるかはゆっくりと沢村を見た。問いには答えず、「先輩」と語りかけるように言葉を発する。

「私、〈五感ミステリ〉の編集をしていて、疑問に思った点があるんです」

はるかの唐突な発言に、沢村は困惑した顔で呟いた。

「疑問？」

「ええ。この小説の構成です」

妙にきっぱりとした口調で、彼女が答える。

「最初の短編の後に、こんな文章が挿入されています。――『サクラオト』では実際の事件を題材にいたしましたが、これ以降の作品につきましては全て完全なるフィクションであることをここに表明いたします、って」

はるかは沢村に視線を向けたまま、真顔で云った。

「この物語はフィクションです、という内容の文章を入れるのであれば、巻末に記載するのが一般的です。なのに、なぜ一話目の終わりにあえてこの注意書きを挿入したんでしょう？」

疑問を口にしながら、自らそれに答えるように話を続ける。

「不思議に思って、五つの短編をあらためて読み返してみました。そうしたら、ある事実に気がついたんです」

沢村は突っ立ったまま、はるかの言葉を聞いていた。はるかが深く息を吸い込み、口にする。

「各短編の、時系列です」

辺りを支配するように、はるかの声だけが静まり返った夜の中に響いた。

「〈五感ミステリ〉の五つの短編は、『サクラオト』が春、『その日の赤』が夏、『Under the rose』が秋、『悪いケーキ』が冬、『春を摑《つか》む』が再び春、と四季の順に掲載されています。だから、物語が四季通りに展開しているようになんとなく認識してしまう。日本には四月に始まり三月に終わる、という年度の意識があるからなおさらです。でも注意して読むと、実はそうじゃないことがわかるんです」

沢村がゆっくりとまばたきをする。「──私の推測ですが」とはるかは続けた。

「第一話の『サクラオト』と、第二話の『その日の赤』、それから第三話『Under the rose』と第四話『悪いケーキ』。これらは掲載順通り、同じ年のお話という設定で間違いないでしょう」

「どうしてそんなことがわかるんだ？」

沢村の問いかけに、はるかが当たり前のように答える。

「ヒントは全部、作中にあったじゃないですか。まず『その日の赤』で、主人公の友人である絵梨子がペットのハムスターをスマホの待ち受け画像にしているという他愛《たわい》ない会話が出てきます。ネズミじゃない、と普段は否定しているくせに年賀状の写真もそうだった、などと茶化されている内容から、このときは子年《ねどし》らしいことがわかります」

こともなげに告げ、はるかは続けて指摘した。

「『Under the rose』の冒頭のシーンでは、主人公の家のキッチンに

『子《ね》』と書かれたカレンダーが飾られています。同様に『悪いケーキ』でも、友人の空知が愛犬にミッキーマウスと思《おぼ》しき帽子を被《かぶ》せ、ハッピーニューイヤー！　という文字スタンプが入った画像を主人公に見せるシーンが出てきます。ミッキーマウスは、いうまでもなくネズミがモチーフのキャラクターですよね」

そこでいったん言葉を切り、再び口を開く。

「――ところが、『春を摑む』は、これらの短編よりおそらく一年前の亥年《いどし》という設定なんです」

はるかは表面上はあくまで落ち着き払った声で云った。

「それは作中のちょっとした描写などから推測できます。たとえば、バイト仲間の岡部が主人公の風花をライブに誘うバンドですが、年明けライブの画像で『猪突猛進《ちょとつもうしん》』と書かれたTシャツを着て歌っていた、という記述があります」

「それだけで？」

「もちろん、それだけじゃありません。他にも、バイト仲間の一人が正月に中国へ旅行に行ったときに派手なブタの貯金箱をお土産に買ってきた、というような描写がありますよね」

説明を求めるように首をかしげる沢村に向かって、はるかがよどみなく話す。

「亥年の動物がイノシシなのは、実は日本だけなんです。中国や台湾では、亥といえばブタを表します。金のブタは縁起物として色々なアイテムに使用されているモチーフですが、正月の旅行土産に、とわざわざ書いてあるところからすると、これはその年の干支《えと》にちなんだ品だから選んだと解釈するのが自然じゃないでしょうか」

沢村は口を開きかけ、思い直して再び黙った。

「何より、決め手になったのはこの場面です。『春を摑む』で、風花が颯太と自然公園に出かけた際、一年前の春に二人で花見をしたときのことを回想するんです。近くの市民公園に見事な桜並木があり、公園に設置されていた、〈願いが叶う鐘〉というのを二人で鳴らしてはしゃいだ、と。昔この近くで殺人事件が起こったらしいよ、とそのとき颯太が口にしています」

はるかがそこで、わずかに声のトーンを低くする。

「ところで『サクラオト』の作中、朝人はこんな内容の発言をしているんです。事件現場近くの市民公園に桜の並木道があって、恋人たちの聖地とやらになっているらしい。鳴らすと願いが叶うという謳《うた》い文句の鐘があるそうだが、これだけ人死にの出た場所の近くだといっそ皮肉だ、と。……ここまで記述が一致するのはただの偶然じゃありませんよね。おそらく、朝人の話している市民公園は、風花たちが訪れたのと同一の場所なんでしょう」

夜風がはるかの髪をさらった。暗がりの中、彼女の髪がまるで生き物のようにたなびく。

「そして朝人は、続けてこうも云っています。『——もっとも去年、劣化して撤去されたらしいけど』」

沈黙したままの沢村にかまわず、はるかは指摘した。

「もしこの短編の時系列を掲載順とするなら、第五話の『春を摑む』は第一話の『サクラオト』よりもさらに後の話のはずですよね。少なくとも、翌年の春以降。そうすると変です、風花たちが一年前に鳴らしたはずの〈願いが叶う鐘〉は、『サクラオト』の時点で『去年、劣化して撤去』されているんですから。既に撤去された鐘を二人が鳴らすことは不可能です。そうやって作中にばらまかれたヒントをたどっていくと、その事実にたどりつくのはわりあい簡単でした。つまり」

どこか厳粛な響きを持った声で、はるかが告げる。

「五つの短編中、最後の『春を摑む』だけが、第一話よりも過去の物語なんです」

沢村に向かって、おもむろに口にした。

「もうひとつ、読んでいて気づいたことがありました。五つの短編には、共通する一人の人物がさりげなく登場しているんです」

はるかの声が、やや鋭い響きを帯びる。

「〈不審な男〉です」

沢村は一瞬身じろぎした。はるかが、ポケットから折り畳んだ一枚のメモを取り出す。

「『サクラオト』の作中で、こんな描写があります」

おもむろにメモを広げて、読み上げた。

「『少し前に朝人が一人で下見に来たとき、黒い服を着た若い男がぼんやり突っ立って桜を見上げているのを目にしたが、朝人の姿を見るとふらりとどこかへ消えてしまった。あれは幽霊でなければ、酔狂な花見客か自殺志願者ででもあったのだろうか。』」

ちらりと沢村を見てから、懐中電灯の明かりを頼りに、再びメモに視線を落とす。

「それから、『その日の赤』の一場面。『不躾《ぶしつけ》に耳をそばだてているのを気付かれたのかとっさに慌てたけれど、彼女たちの胡散臭そうな視線はあたしではなく、すぐ近くに立っていた若い男に向けられている様子だった。全身黒っぽい服装をした人相の悪い男を盗み見て、女性たちがひそひそと囁《ささや》き合う。犯人はああいう感じの男かも、などと無責任な噂話をしているのかもしれない。彼女らの怪しむような視線に居心地の悪さを覚えたのか、男はすぐにどこかへ立ち去ってしまった。』ね、同じ特徴の男が出てくるでしょう？」

はるかは同意を求めるように沢村に語りかけた。

「同一人物と思われる男は、『Ｕｎｄｅｒ　ｔｈｅ　ｒｏｓｅ』でも登場します。ここ。『空《す》いている店内で、近くの席に黒ずくめの若い男が一人で座っているのが視界に入った。鋭い目で睨むように窓の外に視線を向けている姿は、まるでこれから不穏な取引を行う相手でも待っているかのように見える。』それから、『悪いケーキ』にも。『「えー、マジかよ、犬はいいぞお！」と空知が声を張り上げると、少し離れた席に座った黒ずくめの若い男と視線が合った。じろりと鋭い目を向けられた気がして、煩《うるさ》かったのだろうか、と慌てて姿勢を正す。』という場面ですね」

はるかが静かに文章を読み続ける。

「男は、最後の『春を摑む』にも登場しています。『途中、通行人と勢いよく正面衝突しそうになり、「ごめんなさい」と上ずった声で謝った。ぶつかりそうになった目つきの悪い黒ずくめの男が眉をひそめてこちらを見下ろしたのでビクッとしたけれど、とっさに素早く頭を下げ、再び走り出す。』……黒い服を着た、目つきの鋭い、若い男。まるで死神か何かを思わせる容貌ですね」

彼女はメモから顔を上げた。

「でも、これを読んで私の頭に思い浮かんだのは、ある特定の人物でした」

云いながら、ゆっくりと沢村の顔を見つめる。

「人相が悪くて、いつも黒っぽい格好ばかりしている若い男性――各話に登場するのは、作者である沢村先輩ですよね？」

沢村は答えなかった。ただ黙って、はるかの視線を受け止めている。

「時系列の順序。全ての短編に密《ひそ》かにまぎれこませた、共通の人物。一体なんのためにわざわざそんな仕掛けを施したんだろうって考えて、ある答えにたどりつきました」

はるかが、深く息を吸い込んだ。

「例の、第一話の終わりに挿入された文章です。――『サクラオト』では実際の事件を題材にいたしましたが、これ以降の作品につきましては全て完全なるフィクションであることをここに表明いたします――という、あの一文。これ以降の作品については、ということはつまり、第一話より前の話である第五話については、完全なるフィクションではなく現実の出来事に関連した物語であるという意味なんじゃないでしょうか。そして、沢村先輩がこうして作中に登場しているということは、先輩自身がその出来事に何らかの形で関わっていることを意味するのでは？」

はるかの声には、どこか硬い響きが含まれていた。互いの間にいつしか得体の知れない緊張感が漂う。まるで、獲物と狩人のような。どちらが狩る方で、どちらが狩られる方なのかは、わからない。

先輩、とはるかは囁くように云った。

「この五つの短編は、いずれも男性が女性に危害を加える、または危害を加えることを暗示するような内容ですよね。これって、ただの偶然ですか？」

探るように会話を仕掛けてくる。踏み込む距離を見誤ったら、喉笛に食いつかれるかのような張りつめた空気が二人の間に流れている。

闇の中、緊張に唾を呑み下すような音がした。はるかが唇を舐める気配。それから、意を決した様子で口を開く。

「……今話した、私の中学時代の友人。突然命を落としたって云いましたよね。彼女は、この場所で起こった事件の被害者の一人です。教師が女子生徒を刺殺して、自らも首をかき切って死んだ痛ましい事件。殺された生徒が、若葉です」

沢村は息を詰めてはるかの顔を凝視した。はるかもまた、彼から目を逸《そ》らさない。

「さっき、前にもここに来たことがあるんですかと尋ねたら、一度だけ、と先輩はおっしゃいました。でも、こんな暗がりで茂みに埋もれるみたいに立っていた看板を自然に指して、『引っかけるなよ』と注意を促せるくらいにはこの場所をよくご存じなんですね」

息苦しささえ感じさせる空気の中、はるかは正面から問いかけた。

「本当は一度だけじゃなくて、何度もここに来たことがあるんじゃないですか？」

言葉の刃《やいば》を、突きつける。真実に向かって彼を追い込んでいく。

はるかは、そこでちょっと口をつぐんだ。

「……いつか若葉に名前の由来を聞いたとき、彼女、『五月生まれだし、緑は園芸好きなお母さんの一番好きな色だから』ってそう話してくれたんです」

沢村の顔を見つめ、静かに口にする。

「――碧《あおい》ってペンネーム、本名は、〈みどり〉って読むんですよね」

さっきから無言で佇《たたず》む沢村に向かい、はるかは告げた。

「最近になって気づきましたが、若葉と沢村先輩は、顔立ちがよく似ています。特に、見る人によっては少々きつい印象を受けるかもしれないその目元が」

ひりつくような緊張の中で、決定的な言葉を口にする。

「先輩と若葉は、もしかしたら、血のつながった兄妹なんじゃないですか？」

沢村は言葉を発しない。ただ、黙ってそこに立っている。

「……若葉が時々感じていた誰かの気配は、実は、陰から密かに妹の様子を窺っていた先輩のものだったんじゃありませんか」

はるかはさらに一歩、踏み込んだ。

「若葉のお母さんは、若葉が幼い頃に再婚しています。もし何らかの事情があって、先輩の存在を若葉に知られることにためらいを覚えたのだとすれば、先輩が現れたことに動揺し、若葉が見たという人影をとっさに『見なかった』と口にしたのかもしれません」

云いながら沢村の顔を、じっと見つめる。その正体を見極めようとするかのように。

「彼女の周りに現れた黒い影の正体は、死神なんかじゃなく――本当は、沢村先輩だったんじゃないですか？」

沢村は、手にした懐中電灯の明かりを消した。ふっ、と辺りが一瞬で深い暗闇に覆われる。

「先輩？」とはるかが戸惑った声を発した。強気な彼女が怯《ひる》んだように固唾を呑むのがわかった。夜に隠され、互いの姿かたちを見失う。わずかにぼんやりと浮かび上がるのは、風にさざめく桜だけ――。

直後、再び明かりを点けると、はるかは凍り付いたようにその場に立ちすくんでいた。沢村は無表情のまま、懐中電灯を校舎の方へ向けた。淡い光に照らされ、校舎が闇の中で不吉な存在感を放つ。針が止まった時計、朽ちた外壁を侵食するように這《は》うツタ。

……墓標みたいに、佇む建物。

重い沈黙の後、沢村はふっと短く息を吐いた。

「……大友の推理した通りだよ。第五話の短編――あの小説は、現実に起こった出来事が作中に出てくるんだ」

滑るように花びらが飛んできた。目を眇《すが》め、はるかに向かって静かに問いかける。

「あの小説の中で起こった、一番大きな出来事は何だと思う？」

はるかは困惑したようにぱちぱちとまばたきをした後、少し考え、慎重な口ぶりで答えた。

「――バスの転落事故、ですね？」

「そう」と沢村は頷いた。

「……あの事故が全ての始まりだったんだ」

遠い日々を振り返るように、ゆっくりと口にする。

沢村と若葉の父親はバスの運転手として働いていたが、会社から課せられた長時間労働による過労が原因で運転を誤り、事故を起こして乗客を死なせてしまった。父親の起こした事故は、当時大きく報道された。

「バス会社が明らかに法律で定められた以上の労働時間を社員に強制していたことや、色々な要素から情状が酌量されて、父に下された刑罰は寛容なものだった。だけど人命を失う事故を起こしたという事実は、とてつもなく重いものを背負わせた。父にも、オレたち家族にも」

低い声で呟き、うつむく。

「ネットで簡単に情報が拾えてしまう時代だ。罪の無い幼い我が子に、一生〈人殺しの子供〉というレッテルが貼られる残酷な現実に思い悩んだ両親は、話し合い、離婚して母は旧姓に戻ることになった。生真面目な父は自分一人で全ての責めを負い、家族に迷惑をかけまいとしたんだ。母はオレたち二人とも引き取るつもりでいたそうだが、父方の祖父母が、長男であるオレの親権を渡すことを許さなかったらしい」

沢村はため息をついた。

「母は若葉を守るために、父親は幼い頃に亡くなったと話して聞かせたんだろう。新しい家庭を持ち、若葉に実の父親が人を死なせてしまった事実を隠し続けていたんだ」

淡々と語る沢村の話を、はるかは神妙な面持ちで聞いている。

「父の起こした事故が原因で家族が離れ離れになり、何年も経った後、高校生のときにふとしたきっかけで現在の若葉のことを知ったんだ」

当時を思い起こしながら、沢村は呟いた。

「中学生が地元の福祉団体のために募金活動をしたっていう小さなニュースで、偶然、テレビに映ってる生徒の中に若葉を見つけた。幼い頃に別れてからずっと会ってなかったけど、すぐにわかった。彼女がオレの家からそれほど遠くない町に住んでるらしいってことも、そのとき知った」

そう口にして、小さく微笑む。

「顔を見たら無性に懐かしくなって、いま元気に暮らしているのか、気になって仕方なくなったんだ」

喋りつつ、声に暗い影が射《さ》した。

「だけど、父が犯した罪を知らず、実の父親は亡くなったと信じている若葉に、兄だといきなり名乗り出るわけにはいかないだろう。何がきっかけで若葉が父のことを知ってしまうかわからない。それに、元夫との息子が突然会いに来たら、母と現在の家族に迷惑をかけるかもしれない」

苦い笑みを浮かべて、小さく頭を横に振る。

「迷った挙句、若葉に見つからないよう、何度かこっそり会いに行ったんだ。彼女の日常を遠くから覗《のぞ》いてみた。兄妹として再会を喜び合えなくても、妹が幸せに暮らしていてくれればいいと思ったし、そっと見守るだけのつもりだったんだ。だけど……」

沢村はそこで云い淀《よど》んだ。はるかが、言葉の続きをそっと引き取る。

「――若葉が担任教師と交際しているのを、知ってしまったんですね」

沢村は唇を噛《か》んだ。ああ、と唸るように低く答える。

「中学生の妹に、教職者である成人男性が手を出してる。ショックと、憤りを覚えたよ。ふざけるな、と全身の血が沸騰する思いだった」

微《かす》かに嗄《しわが》れた声で、沢村は口にした。

「――だから、あの男に云ったんだ」

鋭い眼差しに、不穏な光を宿して云う。

「あの男の前に現れて、『お前が教え子と不適切な関係を持っていることを知っている。未成年の、しかも自分の生徒に手を出すなんて許されない最低の行為だ。世間にばらされたくなければ、二度と彼女に近付くな』と脅してやった」

冷え冷えとした風が、吹き抜けた。

「――奴《やつ》が若葉を殺して自らも命を絶ったのは、その数日後だ」

はるかは目を瞠《みは》ったまま立ち尽くした。風が、髪を乱暴に乱していく。

「……それを知ったとき、頭が真っ白になったよ」

冷たい夜風に吹かれながら、沢村は遠くを見つめて呟いた。

「オレが彼らを直接手にかけたわけじゃない。だけど、間違いなくオレのせいで二人は死んだんだ。オレがしたことは法律的に罰せられる行為じゃないだろう。それでも、罪は罪だ」

暗い表情で、話し続ける。

「オレが追い詰めたことが原因で、二人は死を選択した。妹の幸せをただ願っただけだったのに、取り返しのつかないことをしてしまったと打ちのめされたよ。ずっと誰にも云えずに、恐ろしくてたまらなかった。――いや」

言葉を切り、沢村はそこで弱々しくかぶりを振った。

「……ひょっとするとオレは、こうなることを無意識に予想していたのかもしれない。オレたちの苦労なんか何も知らず、ただ無邪気に守られているだけの妹のことを、心のどこかで身勝手に憎んでいたのかもしれない」

それからはるかを見て、苦い笑みを浮かべた。

「大友が〈死神〉って言葉を口にしたとき、内心どきっとしたよ。その通り、若葉にとっての死神は、オレだったんだ」

自嘲的に云い、やりきれない表情で呟く。

「作品にこんな仕掛けをすることで自分の罪を告白したかったのか、それとも隠したかったのか、もう自分でもよくわからない。自分がしたことの重圧に耐えきれなくて、誰かの審判を仰ぎたかったのかもな。——ただ、これだけは確かだ」

沢村は頬を歪めて、冷ややかな声で口にした。

「オレが二人を、殺したんだ」

場に沈黙が漂った。重たい空気に耐えられず、沢村はうつむく。しばらく無言になった後、食い入るようにこちらを見ていたはるかが「……先輩」と呼んだ。

向けられる非難と軽蔑を覚悟して顔を上げると、予想に反して、ひどく冷静で冴《さ》えた響きの声がかけられた。

「——今の話には、嘘がありますね？」

思わずぎくりとして固まった。

「何を……」

「駆け出しでも、私は編集者です。そんな矛盾に気づかないとでも思いますか？」

微かに表情をこわばらせる沢村をまっすぐ見返し、はるかが云う。

「若葉は、高校受験に合格していました。あとわずかで卒業したら、二人は教師と教え子という関係ではなくなります。春が来て若葉が十六歳になれば、法律上は自分の意思で結婚だってできる。なのに、なぜいきなり死ななければならなかったんでしょうか？」

それに、とはるかは続けた。

「母親や、若葉の現在の家族に迷惑がかかることを恐れて彼らの前に姿を現すことすらしなかった先輩が、いきなり担任教師を脅迫するなんて短絡的な行動に出るとは到底思えません。編集者として云うなら、登場人物のキャラクターと行動に齟齬《そご》があります」

静かに、けれど力強く、言葉を放つ。

「愛し合う二人が死を選ぶ決定的な理由はありませんでした。もし、死以外を選択できないほどに二人が追い詰められたのだとしたら、それは彼らの間に何か別の問題が持ち上がったからではないでしょうか」

沢村は湿った掌《てのひら》を握り込んだ。はるかが正面から問いかける。

「先輩は、その理由を知っているんじゃないですか？」

はるかは目を逸らすことなく、追及した。

「なぜ、脅迫しただなんてありもしない事実をでっちあげてまで、殺人者として自ら断罪されようとするんですか」

「………」

「本当のことを、教えてください」

沢村が苦しげに顔を歪める。うなだれ、やがて沈痛な面持ちで口を開いた。

「……若葉を見守っているとき、些細《ささい》なことから偶然、言葉を交わしたんだ。それをきっかけに時々、彼女と会話するようになった」

感情を押し殺して、言葉を絞り出す。

「もちろん、兄だなんて名乗り出るつもりは全くなかった。ただの顔見知りとしてでも若葉と接することができて嬉しかったし、オレに笑顔を見せてくれる若葉が純粋にいとおしかった」

沢村は唇を嚙んだ。

「……夢にも思わなかったんだ」

一瞬目を閉じ、絶望でかすれた声で告げる。

「──まさか、若葉がオレに恋愛感情を抱くなんて」

はるかはハッとしたように息を詰めた。瞠目《どうもく》したまま、凍ったみたいに立ち尽くす。

……愛情のこもった眼差しで自分を見つめ、優しく言葉を交わしてくれる異性。そしてどこか自分と似た部分を持つ、特別な何かを沢村に感じた若葉は、彼に強く惹《ひ》かれていったのだ。

しばし、どちらも口を開かなかった。辺りを覆う闇がいちだんと濃くなったように感じられた。ややあって、はるかが動揺を引きずった声でぽつりと呟く。

「……今にして思えば、あの頃の若葉が男性に対して抱いていたのは、ひょっとしたら恋とは少し違うものだったのかもしれません」

憐《あわれ》みのような、痛みのような感情を微かににじませ、はるかは云った。

「若葉が求めていたのは、そう……きっと、孤独な自分を包んでくれる父親のような存在だったんでしょう。繊細で、寂しがりなところのある子だったんです」

自分の気持ちに気がついた若葉は、おそらく担任教師に別れを告げた。二人の関係を清算するつもりで、もう会えない、と伝えたのだ。

彼らの間にどんなやりとりがあったのかはわからない。——しかしその結果、あの悲劇は起きてしまった。

「……若葉に携帯で写真を見せてもらったことがあるんだ。仲の良い友達だって嬉しそうに話してた、若葉と並んで写ってた女の子が大学でオレの目の前に現れたときは、心の底から動揺した。お前の罪を忘れるな、と糾弾されているような気持ちになったよ。大友だから、この小説を託してみようと思ったんだ」

沢村が悲愴《ひそう》な眼差しでうなだれる。ひび割れた声で、苦痛に耐えて告白した。

「若葉の運命を、捻《ね》じ曲げてしまったのは、このオレだ」

残酷な静寂が辺りを支配した。底なしの夜にどこまでも落ちていきそうな、深い闇。

やがて、無言で立っていたはるかが、その沈黙を破った。

「……先輩」

直後、あっさりと云い放つ。

「――全然ダメです。そんな結末じゃ、読者は納得しませんよ」

突然スイッチを切り替えたような変化に、沢村はあっけに取られてはるかを見た。

わざとらしくため息をつき、あくまでも冷静な口調で、「そもそも」とはるかが続ける。

「――本当に先輩のせいで彼らがその選択をしたかどうかなんて、結局のところ、誰にも云い切れないんじゃないでしょうか」

沢村はハッと目を瞠った。断罪するでもなく、慰めるでもなく、はるかは真摯な眼差しでまっすぐに沢村を見つめている。はるかは、おもむろに口を開いた。

「もしかしたら若葉は、先輩が自分の肉親だと薄々気がついていたのかもしれません」

「何だって……？」

言葉の意味がすぐには理解できず、訊き返す。

「少なくとも私の知っている若葉は、よく知らない男性に気安く自分の携帯を見せるようなタイプじゃありませんでした。それに昔、学校でいじめに遭ってたとき、彼女がこんなことを云ってたんです。自分の幸せを願ってくれる人たちがいるから、辛くても頑張らなきゃいけないって。幸せを願ってくれる人たちっていうのは今の家族のことを指すんだろうと単純に思ったんですけど、若葉が義理の父親と折り合いが悪かったことを思い返すと、ちょっと違和感もあって。……幼い頃に別れたとはいえ、記憶のどこかで、若葉は実の父親と兄の存在を漠然と覚えていたのかもしれません」

そう呟いたはるかの目に、苦い後悔がよぎった。ほんの一瞬、まるで少女みたいにさみしげな表情になる。感傷を振り切るように、沢村に向かってきっぱりと云い放った。

「それでも先輩が罪人だと云い張るなら、側に居たのに若葉の死を止められなかった私だって同罪です」

やや乱暴にも聞こえるその言葉の裏に隠された意味に気づいて、不意打ちのように胸を衝《つ》かれた。それからじわりと熱い何かが込み上げてくる。

みっともなく泣きそうな顔になり、誤魔化すように、小さく笑った。

「……じゃあ、どうすればいい？」

沢村の問いに、はるかは思惟《しい》する表情でたっぷり間を取ってから、話し出した。

「……『サクラオト』の作中、〈黒ずくめの男〉はこの場所で一人きりで桜を見上げていました。きっと先輩も、何度もこの場所に来て、そんなふうに一人で桜を見上げていたんじゃないですか？　この場所で亡くなった若葉への、追悼のつもりで」

　見透かすように、穏やかな口調で語りかける。

「最終話の『春を摑む』は、傷ついたヒロインが未来に向かって踏み出すシーンで終わっています。あのラストには、作者である沢村先輩の思いが込められていたんじゃないでしょうか。バス事故によって人生を歪められ、若くして命を落とした若葉がこんなふうに生きられたらよかった、彼女が明るい未来へ向かって歩き出せたなら……という、叶わなかった願いが」

　そこでふっと軽い口調になり、いたずらっぽくはるかは云った。

「ねえ、先輩。五つのミステリ短編に込められた回りくどい告白に、偶然にも、私はこうして気がつくことができました。もしかしたら、これも〈第六感〉ってやつかもしれませんね」

　あるいは、と静かに目を細めて続ける。

「亡くなった若葉の思いが私たちを引き合わせた……そんなふうに解釈するのは、感傷的すぎるでしょうか？　きっと若葉が、彼女の死によって心に傷を負った私たちを繋《つな》げてくれたんです。罪の意識を背負い続けてきた先輩を解放するために。大切な友人を救えなかったことを後悔する私に、先輩を救わせるために」

沢村は言葉を失い、立ち尽くした。ためらいながら口を開こうとしたとき、くしゅん、とはるかがくしゃみをする。

「――肌寒くなってきましたね。花冷えっていえば風流ですけど、お互い風邪をひいたら困りますから、そろそろ場所を変えませんか。近くにいいお店があるんです。熱燗《あつかん》でも飲みながら、続きの展開を考えましょう」

「……オレ、車だから飲めないんだけど」

「大丈夫。先輩の分も私が飲んであげます」

そう云ってにっこりとはるかが笑う。さっきまでの緊迫感はどこかへ失《う》せ、そこにはただ普段通りの気安さがあった。

車に向かって歩き出し、ふと、沢村は足を止めて廃校舎を振り返った。

……懐かしい声が聞こえた気がした。けれどそこには誰の姿もなく、はらはらと、夜に桜が舞い落ちるだけ。

「どうかしましたか？」

「――いや、何でもない」

怪訝《けげん》そうに尋ねたはるかに小さくかぶりを振り、沢村は再び歩き出した。そのまま、廃墟を後にする。

淡い花びらが二人に、かつてこの場所で命を絶った恋人同士に、少女たちに、全ての上に降り注ぐ。日常と非日常の境界が曖昧になる、季節。

――花びらは音もなく降りつもり、やがて、全てを覆っていく。

解説——二〇二〇年代における彩坂美月の名刺代わりとなる一冊

宇田川拓也

たとえば、咲き誇る満開の桜を前にしたとき、誰もが春の訪れに胸を高鳴らせ、華やかな感動を覚えるわけではない。もうすぐ散ってしまう儚《はかな》さに物悲しさを覚えてしまう、あるいは梶井基次郎の短編『櫻《さくら》の樹の下には』のような死体が埋まっている忌まわしいイメージを頭に浮かべてゾクリとする向きもあるだろう。

本編の冒頭、こうした桜にまつわる不吉な印象を用いて、「——桜の音が聞こえる人は、魔に魅入られた人なんだって」という一文のみでたちまち読み手を惹《ひ》き込み、同時につかめそうでつかみ切れないカタカナの不思議なタイトルの意味をさらりと明かして、さらに興味を掻《か》き立ててみせる。さりげなくも巧みで鮮やかな物語の幕開けではないか。

彩坂美月『サクラオト』は、このように才能豊かな著者の持ち味が存分に発揮された全六話からなるミステリ作品集——なのだが、それだけではない趣向が凝らされた油断ならない一冊にもなっている。そして、二〇〇九年に『未成年儀式』（全面改稿され、二〇一三年『少女は夏に閉ざされる』と改題・文庫化）でデビューし、青春ミステリを得意とする書き手としてキャリアをスタートさせた著者の、二〇二一年現在におけるこれまでとこれからが彩りよく詰め合わされた、従来のファンはもちろん、初めて著者の作品に触れる読者にとっても適した内容になっている。

収録作をひとつひとつ見ていくと、第一話「『サクラオト』　春」は、なぜかここで殺人が繰り返されるいわくつきの桜の前で、誰もいない夜、卒業を間近に控えた学生の男女が推理をめぐらせる一篇《ぺん》。推理とあわせてふたりの微妙な関係性が詳《つまび》らかにされるが、漂う不穏な空気が次第に色濃くなり、徐々に緊張感が高まっていく流れは、初期の頃から著者が大の得意とする演出のひとつで、今回も冴《さ》え渡っている。

ついに示される凄惨な事件が繰り返される理由と、最初の事件を起こした少女が口にしたといわれる「桜の音が聞こえる」の真意は、腑《ふ》に落ちるからこそ、哀《かな》しく、怖い。「なぜ行なわれたのか」を解き明かす秀逸なホワイダニットにして、心理ホラーとでもいうべき味わいを備えているが、最後の最後、おもむろに付け加えられた文章に慌てて記憶を探ってしまう読者も少なくないだろう。

第二話「『その日の赤』　夏」は、夕暮れの公園で中学生の弟がひと気のない女子トイレに入っていくのを目撃してしまった女子高生――夏帆が主人公。一か月前に母親を亡くしたショックのせいか、学校でも調理実習で調味料を間違えたり、得意科目のはずの英語の課題で苦戦したりと、ままならないことばかり。父と弟との三人暮らしの中心となるべくひとり頑張ろうとするも、家族に関心のない父となにかを隠している弟の間で、いよいよ限界を迎えてしまう夏帆の脳裏を、ある考えがよぎる……。

著者には青春ミステリだけでなく、『柘榴《ざくろ》パズル』（二〇一五年）や『みどり町の怪人』（二〇一九年）といった家族小説の要素を含んだ作品があり、本作もそのひとつに数えられる。公園で信じがたい光景を目撃したことと、棺《ひつぎ》に納められた母親の小さな異変を目にしてしまったことを重ね、「それを見てしまったことで、どうしようもなく何かが決定づけられる。そういう瞬間があることを、あたしは知っていた」と述懐する諦念や絶望感の先に、予期せぬ形で夏帆が見失っていたものの本当の形が浮かび上がる場面が忘れがたい。

花を用いたタイトルというだけでなく、核心部分についても第一話と合わせ鏡のような作りになっている第三話「『Ｕｎｄｅｒ ｔｈｅ ｒｏｓｅ』秋」の主人公――菜摘は、夫が会社で受けた健診の不安な結果を耳にしても、相手の体を気遣うより、つい子供の学費や生活費を心配してしまうくらい、主婦としての長い生活にいささか倦《う》んでしまっている女性だ。

ある日、高校時代の園芸部の先輩で憧れの存在であった綾子から突然の電話があり、しばらくぶりに当時のメンバーたちと集まることに。イタリアンレストラン「Under the rose」での、かつての仲間たちとの再会は、菜摘を十代のまぶしい季節に戻し、あの頃と変わることなく輝いている綾子を前に、当時彼女が手入れをしていた薔薇にまつわる記憶が甦《よみがえ》った。

ところが、愉しく華やかだった同窓会から三日後、自宅の温室で綾子が倒れて亡くなったと思いも寄らない訃報が舞い込む……。

収録作のなかでも伏線やヒントを配する手際がとくに光り、菜摘が真犯人と対峙《たいじ》し、手持ちの札をひとつひとつ切りながら追い詰めていくクライマックスが素晴らしい。菜摘がただひとつ見抜けなかった核心部分は、前述のとおり第一話とも相通ずるもので、もしかしたら「時間とともに変わりゆくものと変わらないもの」は著者にとって重要なテーマのひとつなのかもしれない。

見ているだけで気分が悪くなるほどデコレーションケーキが大嫌いなのは、なぜか。そんな奇妙な謎の真相に迫る第四話「『悪いケーキ』冬」は、謎だけ見ると〈日常の謎〉系のミステリのようだが、じつは収録作中もっともスリリングな展開が待ち構える一篇。

主人公の学生――紘一は、同じ学部の友人である空知の提案で電車に乗り込み、別荘を目指していた。紘一のデコレーションケーキ嫌いには、当時幼かった本人に記憶はないが、別荘でのクリスマスイブに起きた出来事が原因であろうことはわかっていた。可《か》愛《わい》がってくれた伯母の琴美が、夕食とクリスマスケーキを食べて愉《たの》しく過ごしたのち紘一をひとり残して失踪してしまったのだ。ならば現場となった別荘に直接赴き、友達のトラウマを克服する手助けをしてやろうと張り切る空知だったが……。

予想もしなかったまさかの言葉から始まる空知の謎解きによってたどり着く真相に加え、紘一たちを凍りつかせるラストの一撃には、著者の会心の笑みが透けて見えるようだ。

蛇行する山道を下る観光バスが事故を起こし、少女が投げ出されてしまうショッキングなオープニングの第五話「『春を摑《つか》む』春」は、繊細なひとの心とその変化をミステリの手法で丁寧に描き出した、著者の現時点での実力が窺《うかが》える作品だ（第四話までは過去に「小説すばる」誌上に掲載されたもので、第五話と第六話は書き下ろし）。

バスの事故でひとり山の斜面に残された九歳の風花を見つけ、手を差し伸べて助けてくれた少年――颯太。この奇蹟的《きせきてき》な出会いをきっかけに、風花は彼が好ましく頼もしい存在となり、ふたりは、小、中、高、そして大学も同じ東京の学校に進学する。入学後はそれぞれひとり暮らしを始めるも、風花がアルバイト先に選んだのは颯太が働いているコンビニで、そこは心強く居心地のいい場所だった。ところが、バイト仲間である岡部の風花に対する接し方が次第にストーカーのようにエスカレートしていく……。

シンプルな構成と〝摑む〟という行為を通じて、ひとの心の知られざる深層に迫るとともに、打ちひしがれるばかりではないしなやかな強さも、ひとは持ち合わせていることを印象付ける、前を向いて生きるひとびとを鼓舞するようなラストシーンがいい。

さて、ここまでの五つの短編では、春から始まり、夏、秋、冬を経て、また春まで、そして、聴覚、視覚、嗅覚、味覚、触覚をそれぞれモチーフにしてきたが、続く六話目の「Ｅｘｔｒａ ｓｔａｇｅ『第六感』」で、本書は大胆不敵な変貌を遂げる。『サクラオト』という一冊に仕掛けられた周到な企《たくら》みと、思わず登場人物もあっけに取られるほどの鮮烈な転調は、ぜひともその目でご確認いただきたい。

思うに彩坂美月という作家は、なにかと揺らぎやすく、この世界を生きづらいと感じているひとびとに「確かにそうかもしれないけれど、それでもそう悪いことばかりでもないよ」と語り掛けるように小説を紡ぎ続けてきたのではないだろうか。そのための最良の方法がミステリであり、きっとこれからもその創作姿勢は大きく変わることはないように思う。

本書のひとつ前に上梓《じょうし》された作品『向日葵《ひまわり》を手折る』（二〇二〇年）は、著者の出身地でもある山形を舞台に、集落に引っ越してきた少女の目を通じて、行事で使うために植えられていた向日葵が何者かにすべて切り落とされてしまう事件や不穏な出来事の顚《てん》末《まつ》とあわせ、都会とは異なるひと同士の距離感や閉塞的な側面を描き出し、昼の情報番組のブックコーナーで採り上げられるなど好評を博した。筆者も一読するなり、前代未聞の謎や特殊な設定を駆使せずとも堂々と物語を牽引《けんいん》してみせる胆力が発揮された、著者のネクストステージを告げる作品だと大いに唸《うな》った。つまり本書は、ひとつの到達点を迎えてからの最初の一冊であり、この『サクラオト』が二〇二〇年代における彩坂美月にとって名刺代わりの作品となると確信している。

（うだがわ・たくや　ときわ書房本店文芸書、文庫担当）

本書は、「小説すばる」に掲載された作品に加筆・修正をし、書き下ろしの「春を摑む」および「第六感」を加えたオリジナル文庫です。

初出誌「小説すばる」
「サクラオト」　二〇一二年四月号
「その日の赤」　二〇一五年六月号
「Ｕｎｄｅｒ　ｔｈｅ　ｒｏｓｅ」　二〇一七年一月号
「悪いケーキ」　二〇一八年五月号

集英社文庫

サクラオト

2021年1月25日　第1刷　　　定価はカバーに表示してあります。

著　者　彩坂美月《あやさかみつき》

発行者　徳永　真

発行所　株式会社　集英社
東京都千代田区一ツ橋2-5-10　〒101-8050
電話　【編集部】03-3230-6095
【読者係】03-3230-6080
【販売部】03-3230-6393（書店専用）

印　刷　凸版印刷株式会社

製　本　凸版印刷株式会社

フォーマットデザイン　アリヤマデザインストア　　　マークデザイン　居山浩二

ISBN978-4-08-744206-9 C0193